© 2020, June Summer

Edition : Books on Demand,
12/14 rond-Point des Champs-Elysées, 75008 Paris
Impression : BoD - Books on Demand, Norderstedt, Allemagne
ISBN : 9782322235117
Dépôt légal : juin 2020

ZIGZAG-CAFÉ

June Summer

Érotisme

Un texte écrit par les plumes de deux auteurs,

Pour une histoire vécue par deux cœurs…

1. LA RENCONTRE

Qu'est-ce qu'une rencontre ? C'est simplement deux corps qui se croisent et s'attirent, puis se séparent... Deux fourmis qui portent leurs brindilles font une rencontre, ou alors deux étoiles filantes qui se frôlent... Là, ce furent un homme et une femme dans ce café. Lui venait faire une pause en descendant de son train, pour se rendre à une séance de perfectionnement professionnel dans cette petite ville morne et sans attrait, une excroissance de banlieue comme on en voit trop souvent se développer autour des grandes cités. Il avait aperçu de loin cette enseigne bleue et blanche : « *Zigzag Café* ». Il y avait trouvé place près d'une fenêtre, pour attendre l'heure du début de la séance. Elle devait aller à un cours de formation recommandé par son employeur, au sujet des relations sociales en entreprise. Elle entra dans ce petit bar pour y boire un expresso qui la réveillerait, elle avait toujours de la peine tôt le matin.

Le bar était vide, à part ce grand type assis au fond qui la regarda entrer. Joy s'assit à la table voisine de la sienne, la seule près de la fenêtre. Elle commanda son café à la serveuse, et tout en le sirotant, elle observait cet homme bien attirant qui semblait seul, et se faisait des suppositions : « *Il a sûrement un rendez-vous professionnel, mais il est vêtu simplement, en jean et tee-shirt noirs, bizarre. Pas mal du tout, de beaux yeux, mhmm, et une bouche spéciale, il doit bien embrasser...* » Elle rit toute seule quelle étrange idée, elle ne regardait pas souvent les hommes avec de telles pensées. Puis elle regarda ses grandes mains, en les imaginant sur elle, pour des fantasmes qui lui donnèrent chaud... Ensuite, elle nota la coupe de cheveux grisonnants, la carrure d'épaules, et le boc de barbe comme Johnny ; justement on entendait une de ses chansons, diffusée par la radio du bar : « *On a tous quelque chose en nous de Tennessee...* »

Pat regardait cette femme depuis son arrivée. Il avait apprécié en connaisseur sa silhouette et ses formes féminines, ses longs cheveux clairs et ondulés flottant autour d'elle, ses yeux pétillants de couleur noisette, son air ouvert et vivant. Elle avait l'apparence d'une femme mûre avec parfois des expressions juvéniles, et cela l'intrigua. Il l'observait tandis qu'elle grignotait le sucre de son café et le renversait à moitié sur son journal, tout en tripotant son téléphone. Il se sentait attiré comme rarement par une inconnue. Il vit bien qu'elle l'observait du coin de l'œil et tâchait de ne pas montrer son intérêt, mais il ne pouvait détacher son regard de ses gestes, elle l'attirait sans qu'il ne sût pourquoi.

La chanson touchait à sa fin ; ils écoutèrent avec attention le final, saisis par la magie de cette chanson si troublante… Ils reconnurent mutuellement leur émotion dans le regard de l'autre, et se mirent à se parler simplement, comme s'ils se connaissaient, de Johnny, de la vie, de cette mélodie et des rêves, de tous les rêves à réaliser dans une vie. Pat proposa à Joy de lui offrir un café, elle accepta ; la serveuse l'ayant déposé à sa table puisqu'il l'avait commandé, Joy se déplaça vers lui pour continuer la conversation. Ils ne virent pas le temps passer, pris dans une discussion sur leurs aspirations intimes, leurs rêves inavoués. Elle voulait faire des voyages, des rencontres nouvelles, vivre des choses passionnantes qui la sortiraient de sa vie routinière. Pat lui, rêvait d'un grand amour passionnel et d'aventures en pays étrangers. Ils tombèrent d'accord sur l'attrait des grands espaces américains. Ils se rapprochaient en parlant, elle se poussa vers lui pour mieux l'entendre dans le bruit de la musique, alors il passa son bras autour d'elle, ils étaient bien comme dans une bulle. Une magie sensuelle les environnait, ils se regardaient au fond des yeux ; elle était sensible à sa présence son odeur, il l'attirait terriblement. Il était grand à souhait pour elle si élancée, sa large épaule était un havre de solidité, son parfum viril l'enivrait insensiblement…

Puis Pat dit en lui souriant :

— C'est l'heure pour moi d'y aller… mais je n'en ai pas du tout envie, d'aller à ce cours…

Joy répondit dans un sourire de défi :

Moi non plus ! J'ai envie de sécher l'école, comme quand j'étais jeune ! Elle le regardait dans les yeux, sur le qui-vive en attendant sa réponse ; elle sentait l'instant fatidique arriver, celui qui fait tout basculer, comme si le monde retenait sa respiration autour d'eux.

Il parla lentement, doucement, à voix très basse, faisant lever en Joy de petits frissons qui se propagèrent dans tout son corps. Il ajouta en murmurant doucement, comme dans une incantation érotique :

— Et si on partait un moment ailleurs ? Les deux ? Pour une escapade ? Viens… Viens, Viens avec moi !

Il lui prit le visage dans sa main, le tourna vers lui, et l'embrassa dans un baiser chaud et envoûtant, sensuel irréel, doux et passionné, brûlant, possessif.

Pat eut un frisson de plaisir à ce baiser sensuel. Les lèvres de Joy étaient d'une douceur veloutée. Elles semblaient faites pour lui. Leurs langues se trouvèrent rapidement comme si elles se connaissaient déjà. Cette sensation était d'ailleurs très étrange. Pat était surpris de sa propre bravoure, ça ne lui ressemblait guère, d'être aussi entreprenant avec une inconnue. Mais cette Joy avait réussi à le mettre en confiance, il s'était senti immédiatement à l'aise. Sa voix, sa conversation, ses idées, ses rêves, son sourire l'avait séduit. Elle l'avait dompté, il était prêt à lui manger dans la main…

Sans quitter ses lèvres, il se souvint : il se voyait il y a plus d'une année, en attente de ce coup de téléphone. Angoissé, mal, la peur au ventre. Les premiers examens s'étaient avérés inquiétants. On l'avait préparé, avec ménagement. Il faudrait du courage. Le traitement était parfois mal toléré. Le mot cancer avait été prononcé, mais il fallait affiner les recherches pour aboutir à un diagnostic fiable. Il s'était donc préparé au pire, sans se rendre compte vraiment de ce que serait ce pire. Ce qui était sûr, c'est qu'il ne pensait plus qu'à ça. Dans sa tête, tout tournait autour de sa maladie. Elle allait le ronger de l'intérieur, le harceler, l'affaiblir. Il deviendrait un de ces chats maigres qui traîne la patte, qui miaule, qui se meurt. Quarante-trois ans. Et qu'avait-il fait de son existence ? Il en avait profité, oui. Mais pas tant que ça. Elle avait quelque chose d'inachevé, malgré une vie de famille réussie.

Il se souvint, quand le téléphone avait sonné, que sa sueur était sortie par tous les pores de sa peau. Ses glandes avaient éjecté brutalement toute l'angoisse qui s'était logée dans son corps. Trempé comme une éponge, la main moite, il avait décroché. Ouf… Ce n'était pas le cancer, finalement. Autre chose, de tout à fait bénin, qui se soignerait avec des antibiotiques en dix jours ! Une immense joie s'était emparée de lui. Comment avait-il terminé cette soirée ? Il ne savait plus. Ce qui était sûr, c'est que depuis là tout avait été très vite. Le lendemain, il était allé s'acheter la moto dont il rêvait depuis longtemps et il avait décidé de prendre sa vie en main et de vivre ses rêves…

Mais que lui avait-il pris de lui faire cette proposition d'escapade à cette inconnue rencontrée dans un bar ? Intérieurement il le savait : il voulait réaliser certaines choses, et l'une était de construire un jardin secret et de connaître le grand amour une fois dans sa vie. Il n'était pas malheureux en ménage, mais n'avait jamais éprouvé cette passion qu'il voyait parfois dans les couples croisés dans la rue et lui faisait si envie… Cette Joy lui plaisait déjà tellement, alors pourquoi ne pas se laisser aller à cette folie ? Il ne pouvait plus reculer, il devait assumer, il fallait donc trouver un endroit pour se retrouver seuls l'un avec l'autre, discrètement.

Ils discutèrent encore, plaisantant, excités à l'idée de cette aventure inattendue à vivre ensemble. Ils se rapprochaient l'un de l'autre, dans une connivence immédiate, naturelle. Ils étaient dans un état d'euphorie qui faisait plaisir à voir. On aurait dit deux ados qui allaient faire une grosse bêtise. D'ailleurs, depuis derrière le bar, la serveuse ne pouvait s'empêcher de sourire en les regardant. Elle les trouvait beaux et tellement vivants, à peine une heure qu'ils se connaissaient, et déjà une complicité incroyable se dégageait de leur couple !

Pat eut une idée ! Il sortit son smartphone de sa poche avec enthousiasme :

— J'ai Internet là-dessus, on va se chercher un petit coin tranquille dans les petites annonces, on ne sait jamais, on pourrait trouver un truc intéressant…

Bingo ! Il n'y avait pas cinq minutes que les deux complices surfaient, que déjà une annonce intéressante leur souriait : « *Loft très discret pour rencontre coquines, zone industrielle, 120 m2, bar, frigo, salon, lit, salle de bain* ». C'était à peine à 15 minutes en voiture du *Zigzag Café*. Pat appela immédiatement le numéro proposé, et Eurêka ! Le loft était libre ! Ils pouvaient investir les lieux dans une heure ! Ils tombèrent dans les bras l'un de l'autre et s'embrassèrent passionnément. Ensuite ils se mirent à rire et rire encore. Ils étaient vraiment un peu cinglés, ils allaient faire une fugue crapuleuse et cette situation les excitait deux fois plus… Ils étaient devenus les Bonnie and Clyde des temps modernes !

Pat et Joy burent encore un café, et sans se lâcher, parlèrent encore de leur vie, de leur hobby, de leur famille. Ils s'entendaient comme des larrons en foire, leur joie de vivre faisait plaisir à voir. Dans un coin de bar, un couple d'un certain âge qui venait d'arriver ne pouvait s'empêcher de les regarder d'un air envieux.

L'heure de rejoindre le loft était arrivée ; les deux complices payèrent l'addition en laissant un bon pourboire à la serveuse qui les regarda s'en aller en souriant. Elle avait été charmée par les rires et le bonheur affichés par ces deux inconnus qui venaient de se rencontrer dans le bar où elle travaillait. Joy proposa de prendre sa voiture, une vieille Opel grise qui tombait en ruine, et ils se mirent en route.

Tout en conduisant, Joy pensait ce qu'elle était en train de vivre, et ne se reconnaissait pas. La voilà partie dans un lieu excitant et peut-être dangereux avec un grand type rencontré dans un bar, après seulement quelques instants de discussions sympathiques certes, mais tout de même… De plus, elle n'avait aucune peur, et se sentait à l'aise dans cette impulsion de partir à l'aventure avec cet inconnu. Quelqu'un lui aurait dit : « *Attention Joy ! tu risques ta vie en partant avec ce gars !* » elle aurait haussé les épaules et pensé : « *Eh bien, on verra !* » Elle s'était toujours fiée à son instinct au cours de sa vie bien remplie. Elle se sentait si bien avec cet homme qu'elle l'avait embrassé spontanément, découvrant un plaisir insolite à ses baisers, un émoi troublant à ses caresses, une l'excitation inédite au contact de ses mains sur elle. Joy n'avait jamais ressenti de telles émotions de toute sa vie.

De plus son couple battait de l'aile, elle avait envie de revivre, ou plutôt de découvrir, les sensations intenses d'un amour passionnel. Cet homme semblait avoir été envoyé par son Ange pour l'aider à réaliser ses vœux. Car elle en était persuadée, sa vie de femme était finie : ses enfants étaient devenus adultes, elle s'était sentie à quarante-cinq ans vieillie d'un coup ! Son mari ne pensait qu'à son travail et s'était éloigné d'elle ; la solitude minait son cœur, elle avait pensé ne plus jamais connaître l'amour, et que la sexualité ne serait plus pour elle qu'un souvenir lointain. Quand Pat était apparu dans ce café et avait réveillé sa sensualité assoupie, Joy décida de saisir sa chance, et de vivre ce qui arriverait comme une occasion qui ne se reproduirait peut-être jamais.

Elle conduisait tandis que Pat la guidait dans le trafic, vers cet endroit inconnu pour y vivre un amour interdit et excitant peut-être. Elle craignait aussi d'être déçue, qu'elle ne sache pas répondre à ses élans ou qu'il se révèle brutal, pervers, ou alors passif ou bizarre… Que ferait-elle ? Devrait-elle dire : «- *Bon eh bien je vais rentrer, je vous raccompagne en ville ?* » ou bien : « *Si vous me tronçonnez, je vais hurler !* » Mais l'endroit semblait doté d'une bonne insonorisation, donc elle risquait de ne jamais être entendue… À ces pensées, Joy avait un peu peur ; elle se sentait aussi très excitée, car son compagnon avait posé une main sur sa jambe nue, sous la jupe courte prévue pour une journée studieuse dans une salle de cours surchauffée. Cette main éveillait des désirs impérieux dans son corps elle devait, elle voulait y répondre… rapidement !

La main de Pat remontait entre ses jambes, il était temps d'arriver ! Joy se sentait frémissante, et impatiente… Les deux complices garèrent leur voiture près du loft, et découvrirent la clé cachée dans une boîte à lettres anonyme ; ils pénétrèrent dans un local qui ressemblait à un garage, et qui se révélait être un genre de salle de fêtes plutôt spéciales. Lumières tamisées, un bar, deux vastes lits, des canapés noirs, une croix SM qui fit ouvrir de grands yeux à Joy, ainsi qu'une cage d'environ un mètre de hauteur. Elle se baissa pour regarder s'il y avait un animal à l'intérieur, avant de comprendre son usage pour une soumise ou un soumis à enfermer. Pat riait de la voir faire, amusé par sa naïveté. Ils firent le tour de l'endroit, fort bien conçu, et animé par une musique d'ambiance douce. Pat dirigea Joy vers le bar en lui proposant de prendre un verre. Ils découvrirent un petit frigo bien fourni, et burent un peu de champagne en s'embrassant, chaque baiser attirant un autre plus passionné ; vraiment il se passait quelque chose d'électrique entre eux.

Joy adora la façon d'embrasser de Pat : il lui tenait la tête comme pour mieux la dévorer, tel un animal affamé ; il prenait sa bouche dans la sienne… sensation délicieuse, puis leurs langues se touchaient, se titillaient, dansaient... sensation merveilleuse, puis ses mains parcouraient son corps, imprimant des frissons partout où elles passaient... impression fabuleuse. Elle se mit à gémir et frissonner, s'agiter et se frotter contre lui, son corps réclamait encore plus ; elle arrêta de réfléchir, elle était prise à ce jeu troublant. Il lui retira son haut, prenant une expression émerveillée en découvrant ses seins ; ceux-ci se dressèrent d'excitation et pointèrent quand il retira son soutien-gorge ; Joy cria de plaisir quand Pat les caressa et les embrassa ; puis il s'intéressa à ses fesses sous sa jupe, passant ses mains entre elles, sensation ultime.

Sans quitter sa bouche, deux doigts titillant sa tanière et une main glissant le long de sa caverne, Pat la caressait au rythme de son souffle et de ses gémissements. Jamais encore il n'avait connu une femme aussi réactive et aussi vivante. La sensation de ce corps se tortillant de bonheur sous ses mains le rendit fou d'excitation. Il s'agenouilla derrière elle et lui retira sa jupe et son string, dernier rempart qui le séparait du Graal. Il lui caressa ensuite les chevilles, les mollets, puis remonta le long de ses cuisses pour atteindre son cul rond et tendu. Il poussa Joy en avant pour qu'elle s'appuie contre le bar, écarta avec précaution ses fesses, mettant ainsi à nu son petit trou frémissant d'envie.

Pat se léchait les babines à la vue de cette rose qui n'attendait que sa langue. Une main sur chacune des fesses de sa belle, il se mit à la lécher doucement. Joy eut un violent mouvement de recul au contact de sa langue, comme si quelque chose l'avait piquée. Pour pouvoir continuer, il dut la maintenir fermement. Finalement Joy s'habitua et accepta ces délicieuses succions qui la rendaient folle. Elle n'avait jamais eu de caresses aussi intimes, et n'aurait pas pensé vivre ce matin une telle découverte. Pat aimait particulièrement cet endroit et se délectait de son anus. Cette pratique lui procurait une sensation particulière quelque part dans le bas-ventre, et il sentit son sexe se contracter davantage. Il était si tendu que c'en était presque douloureux. La langue de Pat tournait autour de la rosette, se promenait un peu sur les fesses puis replongeait pour s'introduire en elle par petites pénétrations délicieuses. Le contact de sa langue avec sa tanière en fusion le rendit fou. Il ne pouvait plus attendre. Il se leva, prit fermement Joy par les hanches, colla son gland injecté de sang contre sa fleur et s'introduisit en elle en un cri libérateur…

Joy le reçut enfin en son antre, cadeau magnifique de cette envie qui n'avait cessé de grandir depuis leur rencontre du matin dans ce café. La tête coincée sous le bar, se retenant des bras pour ne pas casser de vaisselle, elle subissait avec bonheur les coups de boutoir de cet inconnu qu'elle ne connaissait pas depuis deux heures auparavant. Elle décida de ne pas se poser trop de questions, acceptant cet investissement fougueux, et profita de ce va-et-vient transcendant. Elle lâcha prise avec la réalité et se mit à pleurer de jouissances et de bonheur…

Pendant de longues minutes Pat la prit dans cette position. Il s'activait en elle en variant le rythme. Parfois le sexe incendié de Joy se contractait autour de lui, ce qui le forçait à ralentir voir même à s'arrêter tout au fond d'elle afin qu'elle puisse jouir profondément. Ils ne savaient pas depuis combien de temps leurs corps imbriqués se démenaient derrière ce bar, et bien que cette position lui procurait tant de plaisir, Joy commençait à se fatiguer. Il se retira, elle se redressa, se tourna vers lui et le regarda en souriant. Elle avait l'air un peu hébétée. Elle avait beaucoup joui, il fallait qu'elle reprenne ses esprits. Ils s'embrassèrent longuement, férocement, puis Pat la prit par la main et l'emmena vers le canapé…

Joy était émue par tant de plaisirs, mais son corps en réclamait encore ; elle voyait le sexe de son amant encore bien vaillant, et se réjouit de pouvoir l'apprécier encore. Elle savait que certains hommes pouvaient contrôler leur excitation, et fut heureuse de constater que Pat en était aussi capable. Les deux amants se caressèrent et s'embrassèrent avec passion, Pat fit s'allonger Joy dans un canapé, et tout en l'embrassant, il la caressa entre les jambes, puis les fesses, puis s'intéressa à cette zone intime et sensible ; il se mit à lécher, embrasser, et caresser l'extérieur et l'intérieur de sa fleur, faisant lever en Joy des sensations indescriptibles… Elle ne savait plus très bien ce qu'il se passait, soulevée et emmenée par des vagues de plaisirs toujours plus puissantes, qui la firent gémir et crier, puis se débattre et gémir de nouveau, abandonnée et secouée de spasmes, son ventre devenu la proie de jouissances extrêmes qui se propageaient dans tout son corps, jusqu'à sa nuque qui se crispait en arrière… Elle sentit qu'une rivière s'écoulait par saccades de son corps, et s'inquiéta pour le cuir du canapé. Elle sentait des doigts en elle, ne savait plus très bien ni où ni comment, si ce n'est qu'elle était au paradis des amants. Elle vit des arcs-en-ciel et des couleurs étranges, elle se sentait belle et vraiment femme, comme si elle était au début du monde, au centre des galaxies…

    Pat la laissa un peu se remettre de ses émotions qui l'avaient emportée si loin, en lui souriant avec un mélange d'amour et d'amusement : il avait l'air d'aimer cela, de la pousser au plus loin possible dans sa sensualité… Joy s'étonna de tant d'égards, elle n'avait pas joui ainsi de toute sa vie ! Elle ressentit un élan d'amour l'envahir, elle eut envie de rendre à cet homme rencontré il y quelques heures tout ce bonheur, de s'unir à lui, de lui donner encore son corps, son cœur, et tout ce qu'il voudrait ! Il la fit se relever, ils s'embrassèrent à nouveau, elle sentait son sexe dur contre son pubis, elle en avait envie, sa fleur palpitait, elle prit son sexe dans sa main et le regarda avec défi en lui disant : « *Viens, viens en moi…* » Pat lui sourit, la fit tourner, elle se retrouva face à l'accoudoir du canapé et s'y posa à plat ventre, un sein de chaque côté ; elle se dit que ce canapé devait avoir été étudié avec soin pour un endroit de rencontre, elle était si confortablement installée pour recevoir le sexe de son amant ! Elle sentit ses mains chaudes et sensuelles lui relever les fesses et son sexe à nouveau l'envahir, loin et puissant, elle partit de nouveau en extase, elle relevait son cul pour qu'il la prenne bien, il variait le rythme et les angles, attentif à son plaisir ; à nouveau, ils gémirent et grognèrent de concert, retournés en l'état sauvage des mammifères avides d'accouplement.

Ils finirent par se calmer ; Pat releva Joy à nouveau, elle était trempée comme une source de sexe, se sentant un peu honteuse de s'être ainsi laissé aller, mais il se mit à genoux devant elle et but son eau comme si elle était précieuse ; elle ne savait pas qu'il rêvait depuis si longtemps de rencontrer une « *Femme-fontaine*[1] » ! Elle ne savait pas non plus qu'elle en était une, n'ayant jamais joui aussi fortement de sa vie. Pat lui sourit de ce sourire si aimant qu'elle eut envie de lui à nouveau, se sentant précieuse et acceptée complètement comme elle était. Ils s'embrassèrent avidement, ils n'étaient toujours pas rassasiés l'un de l'autre ; ils se dirigèrent vers un des lits, s'y allongeant, ils se caressèrent longuement. Pat s'allongea sur le dos, l'attirant contre lui…

---

[1] Une Femme-fontaine est une femme qui, au cours de l'activité sexuelle et de plaisirs intenses, va émettre un liquide de manière abondante, incolore, inodore et soyeux…

Joy prit le temps de le caresser partout de sa bouche et ses cheveux, agenouillée comme une panthère avide de son corps, elle le dévorait ; il soupirait et gémissait, c'était à son tour d'être dans les émotions extrêmes, puis elle prit son sexe dans sa bouche, le léchant et le suçant, le grignotant du bout des dents, montant et descendant le long de la tige, les mains de son amant sur sa tête, guidée par ses râles et soupirs, le caressant de sa main sous ses bourses, dans son trou ; il frémissait et gémissait, jusqu'à ce qu'il crie et sursaute, pour jouir dans sa bouche dans un jaillissement de sperme, salé et brûlant qu'elle but avec amour, attirée ensuite contre lui jusqu'à sa bouche pour un baiser aux arômes de son plaisir…

Les deux amants se reposèrent ensuite l'un contre l'autre, heureux de la complicité extrême qui les réunissait. Ils se levèrent enfin pour aller se doucher, boire et manger un peu, ils n'avaient pas vu passer le temps. Ils se rhabillèrent en se regardant avec amusement, pêchant leurs habits aux quatre vents de la pièce, et sortirent dans la lumière éclatante de l'après-midi, un peu hébétés par cette folle rencontre.

Ils reprirent la voiture, Pat cette fois au volant de la vieille voiture de Joy. Ils partirent à l'aventure sur les petites routes, puis dénichèrent une petite plage discrète pour cacher leurs amours interdites. Ils se mirent en costume de bain qu'ils louèrent à l'entrée. Ils n'étaient pas seuls et devaient se surveiller, d'autres gens les environnaient. Ils s'embrassèrent longuement couchés sur l'herbe, goûtant et savourant leur langue, testant de nouveaux baisers… Ils se baignèrent ensuite, en riant comme des gamins ; l'eau était froide, nageant pour se réchauffer, ils finirent par se retrouver enlacés, aimantés l'un par l'autre. Ils eurent envie d'une rencontre aquatique, et se cachèrent derrière un petit bateau amarré paisiblement près du rivage. Pat souleva Joy face à lui en l'embrassant, elle l'enfourcha, cherchant discrètement son sexe dans son slip de bain, à nouveau durci et désireux de venir en elle. Elle entrouvrit de ses doigts, par le côté de son propre costume de bain, sa grotte resserrée par l'eau pour lui livrer passage, et cria de surprise ; l'eau froide s'y infiltrait sournoisement et avait un effet réfrigérant insupportable, il était impossible de concrétiser leurs envies… Ils se mirent à rire, amusés par le comique de la situation et ressortirent de l'eau, secoués de fous rires.

Les deux complices repartirent de cette plage, enlacés et souriant béatement, leur condition d'amoureux fous affichée sur leur visage. Pat avait fait des recherches pat téléphone et trouvé un endroit pour passer la nuit : il annonça une surprise à Joy. Elle se réjouit de la découverte à venir, en appréciant cette façon de vivre grisante... Ils roulèrent encore dans la campagne, puis traversèrent la ville de Genève encombrée de trafic, souriant toujours et discutant, Joy les fesses nues sous sa jupe et la main de Part insinuée dans son intimité ; elle se tortillait de désirs mouillés sous le mouvement de ses doigts agiles, il soupirait d'envies dans ce contact troublant et brûlant... Ils se regardaient en souriant, amusés de voir le désir monter dans les yeux de l'autre. Ils ne prêtèrent pas attention à la circulation ralentie, uniquement concentrés l'un par l'autre.

Ils arrivèrent enfin à leur destination, un magnifique petit village au bord du lac Léman, pittoresque et envahi de touristes. Ils trouvèrent l'*» Hôtel des Glycines »* qui enchanta Joy ; c'était une magnifique bâtisse ancienne, ornée de fleurs à ses petites fenêtres ornées de volets de bois, c'était une vraie carte postale pour un film romantique. Ils furent accueillis comme des stars à la réception, Joy espérant que personne ne remarque ses fesses nues sous son vêtement un peu court ; un chasseur se précipita pour conduire leur voiture au parking, un autre grimpa les marches quatre à quatre pour porter leurs bagages, tandis qu'ils montaient en ascenseur, serrés l'un contre l'autre dans ce petit espace. Joy était hallucinée, elle était partie le matin pour un cours ennuyeux, et se retrouvait fesses nues sous sa jupe, dans un lieu enchanté en train de vivre une aventure extraordinaire...

Les deux amants découvrirent leur chambre, magnifique et chaleureuse, avec un petit balcon perché au-dessus du lac, en face du débarcadère où s'amarraient les bateaux sous le soleil éclatant. Joy fut enchantée de tant de beauté, et remarquant une rose déposée sur le lit à son intention, se mit à pleurer, envahie d'un trop-plein de plaisirs et d'émotions. Ils s'embrassèrent avidement, mêlant larmes et salive, se caressant et gémissant déjà, enflammés, embrasés, enragés... Pat lui retira sa jupe, caressant son cul et ses hanches, ce contact brûlant eut raison des dernières forces de Joy. Elle n'en pouvait plus d'émotions, et saisie par un paroxysme de sensations, elle tomba sur le lit sans pouvoir se contenir en se débattant, envahie complètement de plaisirs et de désirs...

Elle était tout simplement belle, allongée sur le lit, son corps vibrant, le cul tendu comme en attente d'être investi. Posée sur le duvet replié sous elle, Joy avait les fesses légèrement relevées, ce qui permit à Pat de répondre à son appel silencieux, et de la prendre dans cette position. Il était fatigué par leurs ébats sulfureux consommés quelques heures auparavant, mais l'excitation était si forte. Le voyage, le souvenir du contact à sa peau, à sa fleur humide, ses larmes, ses baisers et son corps aux courbes sensuelles, lui avaient redonné force et vigueur ; il lui fit l'amour avec passion et bonheur. Joy était couchée la tête cachée par ses cheveux éparpillés, son corps toujours rempli de petits soubresauts. Sa respiration était rapide et de petits cris retenus s'évaporaient dans le silence de la chambre. C'était le début de soirée, ce n'était pas le moment d'ameuter tout l'hôtel.

Pat était au bord de la jouissance, il sentait un plaisir différent qui montait en lui lentement, il le sentait c'était le moment de se lâcher… Il se retira et délicatement il tourna sa Joy afin de la mettre sur le dos. Elle semblait un peu perdue, ses cheveux lui recouvraient le visage, elle avait la bouche entre-ouverte et bien qu'il ne la touchât pas, elle continuait à avoir du plaisir et son corps d'onduler sous son regard. Elle était si belle. Il prit son sexe en main, plaça son gland sur son bourgeon et se caressa en la caressant. Le frottement de son sexe sur son clitoris lui provoqua des sensations nouvelles et il se dit qu'il pourrait jouir de cette manière. Il alternait frottements et pénétrations, mais à chaque fois qu'il s'introduisait en elle, la chaleur de son antre lui transmettait de petits messages qui lui disaient :
« *Jouis, jouis en moi !* »

Pat décida de les écouter. Il se dressa sur ses bras, resta en elle et par de lents et profonds va-et-vient, décida d'aller chercher son plaisir… Il sentait tout le mystère de l'orgasme naître en lui. Il regardait Joy qui avait la tête tournée sur le côté le regard perdu. Il voyait ses lèvres de profil, elles frémissaient de volupté. À la vue de son visage rayonnant, son plaisir monta encore d'un cran, il allait atteindre le point de non-retour. Mais c'était trop tôt, il sentait que Joy aussi était en train de grimper vers les sommets du plaisir. Il devait l'attendre, il devait repousser ce moment d'extase le plus loin possible. Il se concentra encore, le visage d'ange de désir de Joy en point de mire, et quand il ne put se retenir, il lâcha prise et la magie explosa en leurs corps. Ensemble ils atteignirent l'orgasme ultime, et se vidèrent de toute l'énergie qui leur restait, dans un long râle de bonheur. Pat venait d'avoir l'orgasme le plus intense de sa vie, et de l'avoir obtenu en même temps que Joy le rendait encore plus fabuleux. Ils restèrent un long moment fusionnés afin de reprendre leurs esprits ; Pat pensa qu'il avait vraiment rencontré une femme extraordinaire ; il ne la connaissait que depuis quelques heures et il l'aimait déjà, il le savait !

Le temps filait et les deux amants n'avaient pas de joker du Maître du Temps[2]. Toutes ces aventures commençaient à leur creuser l'estomac. C'était bien joli de vivre d'amour et d'eau fraîche, mais il fallait bien penser à se restaurer ! Ils prirent un bain ensemble, parlant, riant comme des fous. Ils étaient fatigués de leurs folies, mais tellement heureux d'être ensemble. Ils ne se connaissaient que depuis le matin mais déjà existait entre eux une véritable complicité, ils avaient l'impression d'être ensemble depuis toujours. Ils se firent une beauté. Pat enfila un jean et un T-shirt noir, et Joy un long paréo beige en guise de jupe et un joli top blanc à motifs ethniques qui moulaient ses formes avec harmonie. Ils se regardèrent avec admiration et s'embrassèrent longuement, puis se décidèrent à descendre à la grande salle à manger de l'hôtel. Le garçon leur indiqua une table dans un angle de la terrasse qui surplombait le lac. Ils allaient pouvoir apprécier le coucher de soleil en dégustant un repas en tête-à-tête, comme de vrais amoureux

Pendant le repas les deux complices purent parler un peu de leur vie, de leurs rêves, de leurs envies. Ils évitèrent de parler de leurs couples respectifs, par pudeur, et pour apprécier ce moment volé qui ne se reproduirait peut-être jamais. Les filets de perches et le petit vin rosé les enchantaient. Ils s'embrassèrent un peu, rirent encore et encore. Ils sortirent de table bien après les derniers clients, ils n'avaient pas vu le temps passer. Ils plaisantèrent avec les garçons qui n'attendaient qu'une chose, qu'ils s'en aillent enfin !

Les deux amants étaient bien fatigués, mais ils avaient envie de profiter de ce bel endroit romantique dans lequel ils avaient atterri un peu par hasard. Ils partirent se promener à la nuit tombante, ce qui

---

[2] *Cf. Le 7ème étage texte de Simba chez « Au Féminin » Forum de textes érotiques*

ajoutait un charme supplémentaire à cette soirée romantique. Ils déambulaient dans les rues piétonnes enlacés tendrement, dégustant chaque seconde de cette rencontre magique. Dès qu'un petit coin sombre s'y prêtait, Pat y coinçait sa Joy pour l'embrasser, encore, encore et encore. Il l'aurait bien plaquée dans une embrasure de porte ou fait l'amour sur un petit muret, mais il y avait encore du monde qui se baladait autour d'eux, il fallait être raisonnable. Ils burent un verre dans un charmant petit bar, et parlèrent et rirent encore. Mais la fatigue commençait vraiment à se faire sentir et ils décidèrent de regagner l'hôtel et d'aller se coucher.

Faire l'amour avec un inconnu est une chose, dormir avec lui en est une autre. Joy s'étonna de se sentir gênée et intimidée, alors qu'ils avaient fait l'amour comme des enragés toute la journée. Le sommeil est une chose très intime, et ils allaient le partager, en totale confiance. Ils se préparèrent en se regardant du coin de l'œil en se souriant ; elle comprit que Pat était aussi un peu mal à l'aise. Ils finirent par en plaisanter, et purent parler de l'organisation de leur sommeil à deux. Couchés l'un à côté de l'autre, ils s'étreignirent et se séparèrent, et passèrent la nuit à sursauter et se chercher de la main, hypersensibles à la présence de ce corps étranger tout près de soi, de sa respiration, de ses mouvements causés par ses rêves, de sa peau et de son odeur… Joy aima se coller contre Pat et le sentir près d'elle, mais sursauta en criant toute émoustillée quand il toucha ses fesses en dormant.

Ils dormirent peu, mais vécurent cette nuit comme un cadeau de la vie. Le jour se leva enfin sur le lac et réveilla Joy, qui se sortit du lit pour fermer le rideau, afin d'éviter la lumière mais aussi le regard du capitaine quand il viendrait amarrer son bateau. Elle regarda son amant qui dormait, et se souvint qu'il lui avait confié le fantasme d'un *réveil-douceurs* lu sur un forum de textes érotiques… Elle sourit et s'approcha de lui, s'agenouilla à son côté, et tout doucement lécha son sexe qui dormait enfin du repos du guerrier après tant de batailles, le suçant tout doucement. Celui-ci reprit de la vigueur très rapidement, tandis que son heureux propriétaire s'étirait et ronronnait d'aise, allongé sur le dos comme un lion au soleil… Joy prit le temps de lui donner du bonheur, allant et venant avec sa bouche, le caressant de ses cheveux et de sa main entre les fesses jusqu'à son étoile et sous ses bourses…

Pat sortit de son sommeil et releva doucement Joy, son visage illuminé par son sourire, puis la repoussant sur le dos, il la prit lentement si lentement, doucement si doucement, tendrement si tendrement, tout en lui dévorant la bouche et lui tenant la tête avec possessivité coincée dans le coussin ; il grondait de plaisir comme un fauve, puissant et avide... Elle était prise, investie, enlacée, embrassée, enamourée, capturée, et l'accueillit avec bonheur, heureuse de se sentir ainsi dans ses bras... Elle se laissa aller, encore un peu endormie, grisée par les émotions de la veille ; elle lâchait prise, et découvrit un nouveau plaisir dans cette étreinte, une nouvelle jouissance plus paisible qui explosait par vagues tout au fond de ses entrailles et s'épanouissait dans tout son être. Elle se laissa aimer et jouit loin, longtemps et fort, les yeux perdus, les mains relâchées de chaque côté ; ils jouirent ensemble, les yeux dans les yeux...

Puis les deux amants se lovèrent dans la petite baignoire, les jambes entrelacées... Ils firent monter ensuite le petit déjeuner dans la chambre, qu'ils dégustèrent vêtus de peignoirs blancs très chics mis à disposition par l'hôtel. Juchés sur leur petit balcon au-dessus du lac, ils apprécièrent cet instant magique, contemplant la vue sur le lac étincelant d'une journée ensoleillée, « *Un cadeau des Dieux du Sexe* », disait Pat. Joy fit le dressage de moineaux de cirques, qui attrapaient au vol les miettes de croissants, tout en s'émerveillant d'une journée aussi parfaite. Ils se souriaient comme des idiots heureux, ce qu'ils étaient certainement. Béats, benêts, hilares, amoureux quoi !

Mais c'était le moment de partir, de quitter cette belle chambre, il était déjà presque midi. Ils firent rapidement leurs bagages, jetèrent un dernier coup d'œil à cet îlot d'amour dont ils se souviendraient toujours, reprirent leur voiture pour partir encore à l'aventure ; Joy connaissait un village non loin qu'elle voulait revoir. Ils musardèrent sur les petits chemins, profitant de se garer au coin d'un petit bois pour encore jouir de caresses et de baisers, terminant leurs amours torrides de manière extravagante, Joy appuyée sur le capot de la voiture, comme elle en avait rêvé souvent, sans penser jamais le réaliser. C'était la première fois qu'elle osait faire l'amour en plein jour et en extérieur, encore un fantasme inédit pour elle. Pat jouit encore en elle, étonné de la fréquence de leurs orgasmes, de leur résistance en amour. Décidément, ils faisaient un couple extraordinaire...

Les deux amants étaient épuisés par toutes leurs frasques, il fallait rentrer. Le voyage de retour fut plus court que prévu, la circulation était moins dense. Ils décidèrent donc de s'arrêter à la même plage que le jour précédent. Mais comme le temps merveilleux qui leur avait été propice décida de se couvrir de nuages en même temps que leur merveilleuse escapade prenait fin, ils ne purent pas se mettre en costume de bain et profiter une dernière fois du lac. Peu importe, ils burent un café et se couchèrent un moment dans le gazon, tout habillés. Ils allaient bientôt se quitter et ils voulaient profiter l'un de l'autre encore un peu. Ils s'embrassèrent longuement sans se soucier des gens sur la terrasse qui les regardaient et qui devaient certainement les envier, car ils étaient si beaux… Joy et Pat en amoureux magnifiques !

Le temps de se quitter approchait, ils reprirent la route et se retrouvèrent devant le *Zigzag Café* qui avait vu naître leur histoire. Ils s'embrassèrent longuement les larmes aux yeux, se promirent de se revoir. Ils se quittèrent tristes, mais si heureux d'avoir passé un week-end féerique dont ils se souviendraient toujours.

2. LES DEUX FONT LA PAIRE

Joy et Pat, vous vous souvenez de ces deux amoureux qui s'étaient rencontré au *Zigzag Café* ? Mais oui, ces deux fous qui avaient fugué et qui étaient partis vivre un week-end torride en totale clandestinité ?

Ils s'étaient promis de se revoir, et ce moment tant attendu était arrivé, ils devaient participer ensemble à un Rallye organisé par le Zigzag Café.

Le fameux jour de leur rencontre, un peu trop expressifs dans leurs baisers, ils s'étaient fait remarquer et avaient sympathisé avec le patron ; celui-ci ne les avait pas oubliés, et avait décidé de les inviter à participer à cette virée. Pat avait reçu cette invitation sur son portable, et l'avait transmise à Joy. Les deux amants avaient repris leur vie familiale chacun de son côté, mais ne pouvaient oublier cette aventure secrète et merveilleuse. Ils s'écrivaient régulièrement, sachant pertinemment qu'ils jouaient avec le feu, sans pouvoir toutefois se raisonner. Leurs messages se croisaient régulièrement, ils avaient envie de se revoir. Cette occasion était parfaite, ils la saisirent. Pat inventa un cours de perfectionnement professionnel pour pouvoir partir sans alarmer sa femme, Joy évoqua de son côté une visite à une amie sans que son mari ne s'y intéresse, devenu indifférent à elle au fil des années de mariage.

Les deux amants n'avaient pas l'habitude de mentir, mais la perspective de se voir et d'être heureux était plus forte que tout. Ils s'étonnèrent de n'éprouver aucun remords. Ils en parlèrent lors de l'un de leurs messages, supposant qu'ils ne voulaient nuire à personne, ni mettre en danger leur vie familiale respectives. Ils étaient simplement complètement fous l'un de l'autre, et devaient se voir, absolument.

C'était une belle journée de juillet, le temps était radieux ; Pat était arrivé au rendez-vous prévu avec Joy. Il était très nerveux ; il y avait plus de six semaines qu'il ne l'avait pas revue, et l'image qu'il avait d'elle commençait à s'estomper. Ayant remarqué sa vieille voiture grise cabossée de toutes parts, il se dirigea tranquillement vers celle-ci. Pat voulait paraître décontracté, et surtout ne pas montrer l'état d'excitation qui était le sien. À peine arrivait-il à la hauteur du véhicule, qu'il aperçut Joy qui passait de l'autre côté de la haie de verdure. Elle était éblouissante, elle tourna la tête, le regarda et sourit. Le cœur de Pat chavira, le sourire fantastique qui l'avait fait fondre la première fois venait de le terrasser à nouveau.

Ils se sautèrent dans les bras et s'embrassèrent longuement. Au contact de leurs lèvres, les souvenirs de leur week-end leur revenaient par vagues : rires, sexe, passion, délires, plaisirs, désirs, jouissances, toutes ces sensations vécues ensemble les submergèrent complètement ; l'émotion était palpable et les larmes coulèrent. Ils restèrent un long moment à s'embrasser, à se caresser, à se parler et à se murmurer des mots doux.

Ces deux-là étaient amoureux, c'était flagrant. Un expert aurait même décelé le *Grand Amour*. Leurs regards, leurs baisers, leurs caresses, ce ballet d'émotions fortes auquel ils s'adonnaient le démontrait. Les deux amants ne s'en rendaient peut-être pas encore compte, mais les prémisses d'une belle histoire de cœur étaient en train de se jouer.

Joy était émue de revoir cet homme si attirant, si souriant, qui l'embrassait avec tant de force et de douceur en un mélange délicieux et sensuel… Ses mains se promenaient sous son haut suscitant en elle des frissons délicieux qui se transformaient en spasmes incontrôlables de désirs qui montaient par secousses dans tout son corps… Il lui tenait la tête de cette manière possessive dont elle se souvenait, elle lui caressait la bouche avec bonheur de le retrouver. Elle tenait encore le sac de provisions à la main machinalement, ils finirent par s'en apercevoir et rire du cocasse de la situation :

- On y va alors ? proposa Pat en lui souriant avec un œil plein de malice.

- OK, tu conduis ? répondit-elle toute émue de le retrouver.

Ils se séparèrent avec peine, les mains baladeuses de Pat accompagnant les fesses de Joy jusqu'à leur installation en voiture. Il prit les clés de sa voiture, se mit au volant en reculant le siège au maximum pour loger ses longues jambes, manœuvrant le véhicule pour partir tandis que Joy promue GPS et copilote, étudiait la carte fournie par le *Zigzag Café*, ainsi que le programme de la journée…

Tout en indiquant à son pilote les directions, elle lui résuma les activités prévues. Tout d'abord il s'agissait de trouver un point de rendez-vous avec apéritif en forêt, puis d'effectuer une marche avec carte topographique en pleine nature, enfin de se rendre à un meeting en cabane forestière pour le souper et la soirée de divertissements. Les deux complices étaient heureux de se retrouver, très excités par leurs baisers passionnés, se regardant en souriant béatement ; la magie recommençait, cette mystérieuse alchimie qui transformait chaque minute passée ensemble en rayon de félicité…

La main de Pat s'aventura vers les cuisses de sa copilote, et butèrent sur la toile d'un jean, Joy s'était équipée pour un rallye, et n'avait pas prévu de voyager en jupe et sans culotte comme la dernière fois ! Ils rirent à nouveau, mais ils devenaient tendus, pris de désir l'un pour l'autre, Joy lui avait aussi posé la main sur sa cuisse, les doigts de chacun caressaient l'étoffe, près du sexe de l'autre, puis sur celui-ci ; Pat se concentrait de moins en moins sur la conduite, Et Joy avait laissé tomber la carte pour se cambrer, envahie de petites ondes de plaisir qui voyageaient en elle, fermant à demi les yeux… Ils manquaient nettement de motivation pour gagner ce rallye !

Joy indiqua un chemin au hasard qui semblait mener au premier point de rendez-vous ; elle ne pouvait se concentrer sur la route, la main de Pat paraissait s'infiltrer à travers le pantalon, elle avait si chaud, si envie ! Elle s'agitait, ils se souriaient d'un sourire crispé, le désir montait… il fallait faire quelque chose… Vite !

Ils tournèrent au hasard d'un sentier de forêt, Pat arrêta le moteur et mettant sa main derrière la nuque de Joy, il l'approcha de lui et se mit à dévorer ses lèvres, l'embrassant avec passion, lui caressant les seins par-dessous son tee-shirt, lui arrachant des cris de plaisir et d'excitation mêlés. Elle gémissait et se tortillait pour s'approcher de lui, envahie de désir, ses mains étaient si chaudes et excitantes, sur ses seins durcis et sensibles, leurs langues se mélangeaient, ils étaient fous de se retrouver. Gênés par le volant, ils sortirent ; Pat plaqua Joy contre la voiture, embrassant et mordillant ses seins, passant ses mains dans son jean, il trouva sa fleur trempée et y glissa ses doigts elle sursauta, si bon, si bon, il les tournait doucement tout en l'embrassant, encore, encore !

Les deux complices s'embrassèrent longuement, avec les mains de Pat partout sur Joy ; celle-ci se retrouvait de moins en moins habillée, son pantalon presque baissé, son haut relevé, les seins à l'air, si bien, si bien… Mais des tracteurs passèrent tout près pour faire les foins, des enfants couraient aux alentours, des voitures circulaient non loin, décidément ils n'étaient pas assez seuls !

Ils se décidèrent rapidement : « *Tant pis pour le premier rendez-vous du rallye !* » se dirent-ils. Ils diraient qu'ils n'avaient pas trouvé, ce qui était d'ailleurs véridique ! Ils avaient trop envie, il était impossible de retenir leurs élans ! Ils devenaient fous de devoir refréner le désir qui les avait envahis ! Ils trouvèrent une couverture dans le coffre de la voiture et se mirent en recherche d'un coin tranquille. Urgent, il était urgent de trouver ! Ils auraient pris n'importe quel endroit, même une douche sur une plage, vraiment ils ne pouvaient plus attendre !

Pat se souvenait que Joy lui avait raconté que dans sa prime jeunesse elle avait été cheffe scout. Il lui demanda donc de prendre la tête des opérations, et de se fier à son instinct de « *scoutcoquine* » pour leur trouver un petit coin tranquille à l'abri des regards indiscrets.

Joy inspecta rapidement les alentours, et inspirée par les dieux du Sexe, choisit soudain une direction. Pat fut surpris, car elle semblait très sûre d'elle. Tous deux quittèrent les chemins battus et grimpèrent dans la pente qui démarrait juste sur leur droite. Pat fut impressionné par la confiance de Joy : elle semblait savoir où elle allait comme si elle connaissait l'endroit, pourtant c'était la première fois qu'ils mettaient les pieds dans ce coin de forêt.

Au bout de cinq minutes d'ascension, ils arrivèrent à un endroit qui surplombait toute la région avec une belle vue panoramique. Ce petit nid était très romantique, il y a avait même un foyer pour y faire du feu. Les deux amants se regardèrent, se sourirent, et se dirent que cet emplacement n'était pas mal. Mais malheureusement, survinrent quelques jeunes gens qui semblaient occuper déjà le site. Sans se décourager, Joy et Pat leur sourirent aimablement, et continuèrent leurs recherches. Ils riaient sous cape en imaginant leurs commentaires dans leur dos, avec la couverture que portait Pat, ceux-ci se doutaient certainement du but de leur promenade. Quelques centaines de mètres plus loin, Joy eut à nouveau une inspiration ; ils bifurquèrent encore sur la droite et s'enfoncèrent dans la forêt. Ils parvinrent à un replat qui semblait intéressant, avec de hautes fougères pour dissimuler leurs ébats, disposant d'une bonne vue en surplomb sur les alentours. Il n'avait plus qu'à trouver une petite place un peu confortable pour s'y installer.

Très rapidement les deux complices dénichèrent le coin recherché au pied d'un arbre. Ils étalèrent la couverture et tout heureux, soulagés d'avoir trouvé aussi vite un endroit, ils se couchèrent l'un contre l'autre et commencèrent à s'embrasser. Ils étaient à point, excités à souhait, leurs baisers de retrouvailles ajoutés au petit moment coquin contre la voiture les avaient chauffés à blanc.

Pat n'en pouvait plus ; son sexe tendu dans son short trop étroit en la circonstance, ainsi que les spasmes d'envie de Joy eurent raison de ses bonnes manières. Il lui enleva rapidement ses jeans qui ne demandaient que ça depuis un certain temps déjà, l'embrassa encore et encore, puis sa main glissa dans sa petite culotte et se mit à la caresser. Sa fleur était trempée, il le sentait, sa belle avait envie de lui, elle avait envie qu'il vienne en elle. Son corps vibrait, se tordait, démontrait son désir.

Il retira son short et se retrouva en boxer. Celui-ci avait une braguette et Pat se dit que pour une fois cette particularité allait pouvoir lui servir. Il défit les boutons, et son sexe jaillit majestueusement par l'ouverture. Il se dit que c'était bien confortable et idéal, de rester presque habillé, et d'avoir son membre libre pour faire des folies en pleine nature.

Il prit position entre les cuisses de Joy qu'elle ouvrit pour l'accueillir avec empressement, elle n'en pouvait plus de l'attendre, et enroula ses jambes autour de son amant. Sans plus attendre il s'enfonça en elle. Un sentiment de bonheur les submergea immédiatement. Leurs corps semblaient faits l'un pour l'autre, et retrouvèrent aussitôt les sensations qu'ils avaient connues lors de leur dernière escapade un peu folle. À chacune de ses pénétrations Pat pouvait sentir l'antre de Joy se resserrer autour de son mât. Cette sensation était unique ; il avait connu quelques femmes dans sa vie, mais aucune encore ne lui avait fait connaître une telle impression de possession. Le ventre de Joy le capturait de ses muscles puissants, il semblait vouloir parler, chanter, crier tout le bonheur de se sentir en elle. Il était pris au piège de son plaisir, plus il la possédait plus elle se resserrait, plus leur jouissance augmentait… Mais ils n'étaient pas vraiment seuls au monde, ils entendaient des passants sur le chemin en contrebas et derrière eux, ils auraient voulu crier leur plaisir mais devaient se contrôler.

Joy allongée sur le dos, recevait son amant jusqu'aux tréfonds de son antre, envahie de vibrations sensuelles qui se propageaient dans tout son corps ; elle se laissait aller, les yeux perdus dans les verts feuillages agités par la brise se détachant sur le bleu cobalt du ciel au-dessus d'elle. Elle n'avait aucune peur dans cette situation pourtant peu banale, elle aimait la nature et se sentait en totale sécurité dans cette forêt qui semblait les protéger. Les deux amants étaient bien cachés par les fougères des regards des promeneurs passant sur le chemin voisin, dont elle entendait les conversations lointaines. De toute façon, leur amour était si fort, et leur désir si Impérieux, qu'il effaçait toute autre considération.

Pat la contemplait de ce regard avide qu'elle aimait tant ; il lui donnait l'impression d'être désirée et désirable, ce qui accroissait encore son plaisir et son envie de le partager avec lui. Il se retira d'elle et avec son petit sourire gourmand de fauve affamé, la tourna sur le côté et après l'avoir caressée habilement en sa fleur, titillant son bouton, jusqu'à ce qu'elle gémisse à voix basse, il la reprit par-derrière, collé à ses reins, la tenant par la hanche et la caressant de ses mains, de ses mots d'amour.

Joy monta sur la grande ellipse du plaisir, encore et encore, retenant ses cris dans sa main, envahie de spasmes et de sursauts de jouissances qui explosaient dans sa nuque en petites secousses qui la faisaient sursauter, et frissonner. Une douce rivière s'écoula de son antre pour rejoindre les racines des fougères, pour un arrosage bienvenu en cette période de sécheresse ! Les mouvements de Pat étaient amples et puissants, allant toujours plus loin chercher encore plus de sensations, ses mains à ses seins, ses hanches, sa nuque ; Joy l'accompagnait de ses reins pour danser avec lui et accentuer leur plaisir mutuel, leurs corps ondulant dans l'ombre du bois, devenus demi-dieux de la Forêt…

Les deux amants étaient enragés et totalement oublieux de leur situation incongrue. Parfois une petite bête égarée piquait l'une de leurs fesses, ils la chassaient sans se formaliser, cela ferait un souvenir de leur aventure ! Ils s'unirent ainsi longtemps, sans voir le temps passer. Enfin, Pat caressa la fleur de Joy, puis son étoile noyée dans son eau de plaisir, et s'introduisant lentement en elle par cette porte étroite, la prit pour un plaisir inédit qu'elle apprécia intensément ; elle adora cette nouvelle sensation, gémissant sous la jouissance, les yeux fixés sur les fougères environnantes d'un vert intense, balancées dans le même tempo sous la brise estivale.

Pat approcha du plaisir ultime, elle le suivit et ils jouirent ensemble en cris contenus, secoués de spasmes libérateurs. Ils finirent par se calmer, haletants et transpirants, Pat se retira et Joy se tourna vers lui ; ils restèrent enlacés, et se sourirent heureux et béats. Quel bonheur, ils se sentaient si bien dans cette clairière accueillante ! Allongés sur le dos ils virent passer une buse qui se posa sur un arbre tout là-haut, tandis que quelques nuages passaient lentement encore plus haut :

Vert feuillage et arbres séculaires ont abrité les deux amants,

Herbes folles ont accueilli leurs ardeurs, reçu leurs liqueurs,

Ciel bleu, soleil radieux, nuages cotonneux ont bercé leurs ardeurs,

Brises tièdes sur leurs peaux enfiévrées ont rafraîchi leurs chaleurs.

Touche- moi, caresse-moi,

Donne-moi tes lèvres,

Embrasse-moi, mords-moi,

Donne-moi les fièvres...

Pat consulta sa montre et sursauta. Le Rallye ! Bon sang ils avaient fait l'impasse sur la première épreuve, et étaient en train de rater le second point de rendez-vous ! Ils se relevèrent rapidement, remirent leurs vêtements en vitesse en riant à voix contenue, puis enjambant fougères et ronces, se retrouvèrent sur le chemin d'accès. Ils repassèrent devant le groupe de jeunes gens qui les dévisagèrent, interloqués : « *Mon Dieu,* devaient-ils penser, *l'âge de raison n'est plus ce qu'il était...* »

Les deux compères retrouvèrent leur voiture, Pat se remit au volant ; Joy retrouva sa carte, il fallait rejoindre le groupe pour l'épreuve d'orientation ; quel ennui, elle n'avait pas très envie de marcher boussole en main !

Ils arrivèrent juste à temps pour le départ de la deuxième épreuve, garèrent leur voiture et se dirigèrent vers le bureau de course ; c'était une table en bois où siégeaient quelques bénévoles, très occupés au milieu de l'agitation des départs des concurrents, qui ne les remarquèrent pas spécialement. Le patron leur fit un clin d'œil et ne leur posa aucune question, il n'était pas dupe. Joy et Pat prirent une contenance décontractée, souriant à tous, étudièrent le parcours puis partirent à pied pour la course d'orientation, encore tout émoustillés par le petit écart sous les fougères.

Pour rejoindre le premier poste, ils durent traverser une zone industrielle. En passant entre deux bâtiments, ils entendirent de la musique. Nos deux aventuriers très curieux se regardèrent, sourirent, optant d'un même élan de se diriger vers la source musicale. Ils suivirent les notes d'» Hôtel California », morceau mythique des Eagles, et se retrouvèrent devant la porte d'un hangar restée entrouverte. Joy se sentait audacieuse ; elle regarda Pat et lança en souriant :

— On va voir ? Pat tout aussi curieux et friand d'aventures, acquiesça, et ils entrèrent.

Toujours guidé par la musique, ils traversèrent une série de couloirs et débouchèrent dans un grand studio, ressemblant au Loft qui les avait accueillis la dernière fois ! Ils y retrouvèrent une ambiance similaire : lumière tamisée, un lit entouré de miroirs, des tableaux représentants des nus, un salon en cuir et une croix de Saint- André. Cette pièce était totalement équipée pour que tout un chacun y trouve son plaisir. Cette ambiance des plus chaudes bercée par de jolis slows attisa leur libido et nos deux rallyeurs en oublièrent instantanément leur boussole et se tombèrent dans les bras. Malgré leur intermède dans les bois qui aurait dû les calmer, ils ne purent résister à cet endroit et commencèrent à se dévorer mutuellement, se mangeant de baisers enflammés. Ils ne savaient pas si quelqu'un allait les déranger, mais décidèrent de croire en leur bonne étoile. Ils n'étaient pas tombés dans un tel endroit par hasard.

Pat avait une idée derrière la tête et il entraîna Joy vers la croix de Saint-André. Il la plaqua face en avant, mains appuyées contre la croix, attachées par les menottes mises à disposition. Joy était à nouveau tout excitée, elle gémissait et tapait des pieds au fur et à mesure que Pat la déshabillait. Quelques vêtements plus tard, elle se retrouva entièrement nue. Il lui demanda de reculer un peu les pieds afin de la mettre dans une position des plus avantageuses. Les jambes légèrement écartées, le cul tendu, le dos plongeant recouvert de ses cheveux éparpillés, elle était tout simplement belle... Pat ne put résister plus longtemps à ses formes envoûtantes, il s'approcha d'elle, lui écarta les fesses et la pénétra lentement et fortement.

Ils s'aimèrent de longues minutes accrochés à la croix du pauvre Saint-André qui devait souvent en voir de belles. Pat libéra sa belle, puis ils s'abandonnèrent sur le canapé en cuir, puis se déplacèrent en direction du lit. Ils n'étaient toujours pas rassasiés et avaient décidés de zapper leur rallye. Ils se mélangèrent encore, encore et encore. Joy subit avec bonheur les assauts d'un Pat qui, transcendé par leur amour naissant, transpirait, tremblait, se perdait, s'envolait, jouissait...

Quand Joy le chevaucha et s'empala sur lui, le plaisir le submergea à un tel point qu'il craqua et pleura de bonheur, tout comme le lit, qui craqua de douleur...

Le tsunami de plaisir passé, les deux amoureux reprirent leurs esprits et consultèrent le plan de la journée. Ils remarquèrent avec soulagement qu'ils pouvaient encore rejoindre les autres participants du rallye au poste numéro trois s'ils y allaient en voiture. Ils se rhabillèrent en vitesse, entre rires et fous rires, puis se dépêchèrent de s'y rendre. Ils avaient un peu honte de leur conduite, mais ils se persuadèrent du contraire. Ils s'entendaient si bien, ils s'étaient enfin retrouvés après ce week-end merveilleux qu'ils avaient passé ensemble il y avait quelques semaines ! Alors pourquoi lutter ? Visiblement ils s'aimaient... Ils décidèrent de se laisser aller à ce bonheur nouveau.

Ils reprirent leur véhicule. Joy constata qu'ils avaient la possibilité de rejoindre la troupe des rallyeurs pour le souper dans cette cabane située près de Pampliny–la-Forêt ; une petite vingtaine de kilomètres, selon la carte topographique qu'elle tentait de déchiffrer. Joy avait de la peine à se concentrer ; leurs derniers exploits l'avaient fatiguée et rendue distraite. Elle se sentait si bien avec Pat qu'elle oublia de vérifier les intersections, occupée à le contempler conduire, si beau, si drôle ; elle regardait ses mains et se sentait tout chaude et emplie de désirs de les percevoir à nouveau sur son corps et de recommencer à batifoler avec lui quelque part ; elle admirait sa bouche et se voyait encore l'embrasser. Pat semblait dans le même état, il ne pouvait retirer sa main des cuisses de sa copilote, et la fixait avec gourmandise coquine tout en conduisant… Attention danger !

Il fallait bien l'admettre, ils seraient derniers au classement…

Ils riaient de la situation, le désir montait, ils n'étaient que les jouets des forces obscures des Dieux du sexe ! Ils entrèrent dans la forêt, suivant au hasard des chemins forestiers dans la pénombre, la nuit tombait. Il était impossible de savoir où ils étaient, ils étaient complètement perdus. Joy avait posé la carte et s'était renversée dans son siège, insouciante à leur route, attentive aux doigts qui pénétraient son entre-jambe avec malice. Elle respirait par saccades, si Pat ne s'arrêtait pas bientôt, soit de rouler, soit de toucher, elle allait exploser !

— Nous sommes perdus ! Si on allait se perdre mieux dans un lieu de perdition ? proposa Pat l'œil coquin.

— D'accord. Et si on allumait un feu ? Cela éloignerait les bêtes sauvages ! répondit Joy avec pertinence.

Les deux amants s'arrêtèrent au hasard d'une clairière perdue dans les bois, au milieu de nulle part, garèrent la voiture au bord de ce petit sentier perdu en espérant pouvoir retrouver la civilisation au retour, et fouillèrent à tâtons le coffre. Ils y trouvèrent de quoi allumer un feu, la couverture déjà utilisée dans la forêt, ainsi qu'un sac contenant des aliments de base fournis par les gentils organisateurs du rallye, qui avaient prévu un grand pique-nique à l'arrivée. Ils ramassèrent à l'aveuglette du bois dans les taillis, firent un feu au centre de la clairière, et tout heureux de leur réussite, ils s'installèrent l'un à côté de l'autre accroupis sur des souches, devant leur foyer, une baguette de noisetier à la main, au bout de laquelle grésillaient ardemment leurs saucisses.

Ils se brûlèrent les doigts en les mangeant bien noircies comme il se doit, échangèrent caresses, plaisanteries et baisers, regards complices et gorgées de bière à la même bouteille ou de bouche en bouche. L'ambiance redevenait chaude, nos amoureux n'étaient pas lassés, ils en voulaient encore. Joy eut le temps de préparer son dessert secret dans les braises, qu'elle nous refuse de dévoiler ici, un secret de famille depuis des générations immémoriales, qu'ils dégustèrent à la même cuillère, se donnant la becquée, allongés sur la couverture ; du chocolat fondu au goût de feu de bois et aux arômes d'amour, un délice extraordinaire !

La becquée de chocolat devint baiser au chocolat, autre gourmandise fort agréable à déguster à deux, et l'on économise les cuillères… Pat se remit à embrasser sa Joy avec passion, léchant et pourléchant son dessert vivant qui se mit à s'agiter de plaisir, le cacao devenait élixir de passion, les sucres se transformaient en adoration, les vitamines chocolatées en explosion… Les deux amants se séparèrent de leurs vêtements pour la troisième fois de la journée, et nus au bord du feu reprirent leurs ébats exaltés.

Ils apprécièrent au maximum cette folie si romantique et inoubliable. Une rencontre sans pareille, sous les étoiles bordées des frondaisons ténébreuses des grands arbres balancés doucement, près d'un petit feu grésillant lentement, reflétant sur leurs corps enlacés des lumières orangées les rendant encore plus sensuels. Jeux des lueurs sur les peaux douces, brillance des yeux dans l'obscurité, fulgurance des sensations, intensité des émotions…

Désirs obscurs, scintillement des rires, noirceurs des gestes, clartés des amours, jouir, crier, aimer, chanter, enlacer, raconter, parler, sourire, se lover, se frotter, s'imbriquer, s'unir, se désunir, recommencer, onduler, frissonner, gémir, gémir encore… Toucher, caresser, lécher, mordiller, gémir, gémir toujours…

Vers minuit, les deux complices finirent par se rappeler leurs devoirs à regret, pour se rhabiller pour la troisième fois, rassembler leurs affaires, et tenter d'éteindre le feu qui ne voulait pas se calmer lui non plus ! Ils rangèrent tout dans la voiture, un peu tristes, il fallait rentrer, se séparer… Ils démarrèrent et partirent au hasard, en direction d'une lueur lointaine, peut-être celle d'un village ? Ils passèrent à leur grande stupéfaction près de la fameuse cabane qu'ils n'avaient pas trouvée quand ils cherchaient le lieu de rendez-vous final du rallye ; ils avaient erré plus d'une heure, et elle était là, à une petite centaine de mètres de leur feu de camp ! Ils se croyaient perdus et se trouvaient à quelques minutes du reste du groupe, même à portée de voix, et à cinq minutes des alentours de la ville toute proche, qu'ils n'avaient pas aperçue.

Ébahis par ce mystère certainement arrangé par les Dieux du Sexe pour qu'ils puissent vivre leur passion, ils passèrent sans s'arrêter, décidément, ils n'étaient pas très bons pour les rallyes !

UN FEU

Lune blanche dans le noir du ciel
Désir clair dans la nuit obscure
Envie de lui dans une aventure
Gémir et frissonner de folle luxure.
Feu   d'amour
Amour   en   feu
Eau de bonheur
Comptent les heures...

Lune blanche dans le noir du ciel
Fièvres et frissons, déraison pure
Envie de crier dans cette aventure
Chanter et pleurer de folle luxure.
Feu   d'amour
Amour   en   feu
Eau de bonheur
Comptent les heures.

Feu d'amour
Amour en feu
Sexe en fusion
Sexe en passion...

Au milieu de nulle part incandescent
Un simple feu brûlant et rougeoyant
Braises et tisons de lumière baignant
Deux corps enlacés s'embrasant.
Feu d'amour
Amour en feu
Âcres Liqueurs
Douces saveurs…

Lune blanche dans le noir du ciel
Désir clair dans la nuit obscure
Envie et désir dans cette aventure
Gémir et frissonner de folle luxure

3. HÔTEL CITYVILLA

Pat et Joy ne s'étaient pas vus depuis plusieurs semaines, et la séparation leur avait paru encore plus difficile à supporter que les dernières fois. Leur attachement se créait, se renforçait. Ils décidèrent de s'octroyer un week-end d'évasion secrète, profitant de l'absence du mari de Joy en voyage, et du prétexte d'une virée en moto de Pat. Ils s'étaient donné rendez-vous à mi-chemin, avaient pris quelques minutes de bonheur à se retrouver, souriants, heureux, complices. Puis ils avaient enfourché la moto de Pat, laissant la vieille Opel de Joy garée sagement sur une place de parking abritée des regards.

Ils avaient eu une journée de rêve, roulant dans la campagne sur cette moto, circulant entre terre et ciel. Roues magiques les emmenant au paradis des amoureux, bleu du ciel carte postale, prairies de blés coupés, forêts abondantes, lacs étincelants bordés de verdure, route brillante et infinie, nuages blancs voyageant comme eux vers le nord.

Ils s'étaient arrêtés une première fois pour déjeuner devant ce paysage de collines et de bosquets entourant un petit château, puis ils avaient repris la route, le cœur léger et le corps empli d'envies et de désirs. Ils avaient voyagé ainsi collés-serrés, sous le soleil de ce mois de juillet, les yeux emplis de paysages magnifiques de nature verdoyante, décorée comme un tableau naïf de scènes de la vie humaine : petits tracteurs circulant dans les champs, maisons blanches aux toits de tuiles, minuscules animaux éparpillés dans les prés ; tout semblait harmonieux et gai.

Puis ils s'étaient arrêtés à cette plage près du lac de Neuchâtel, qui semblait les attendre. Si déserte qu'ils purent s'embrasser et s'enlacer sans craindre de regards appuyés. Ils entrèrent dans l'eau comme des amants siamois, qui s'embrassent en marchant, incapables de se séparer ; ils nagèrent et jouèrent, puis ayant grimpé sur le ponton au large qui leur semblait réservé, ils s'endormirent au soleil, enlacés.

Après avoir mangé sur une terrasse accueillante, ils avaient repris la route, toujours unis dans cette course tranquille, enchaînant les lignes droites ou les virages, penchant dans le même mouvement hypnotique, symbolique de leurs destins réunis. Leur sang battait au même rythme, leurs yeux enregistraient les mêmes images, leurs sens les mêmes impressions. Leurs sexes commençaient à pulser férocement, désireux de finaliser la symbiose entamée dans ce superbe voyage.

Ils parvinrent enfin dans cette ville inconnue de Suisse alémanique, suivirent les pancartes si facilement qu'ils auraient dû s'en étonner, mais ils avaient l'habitude d'être aidés par les Dieux du Sexe et de l'Amour dans toutes leurs escapades ! Ils trouvèrent leur hôtel, le « *City Villa Hôtel* », un ravissant manoir flanqué d'une tourelle et entouré d'une vigne vierge un réceptionniste attentionné les guida à travers des couloirs lambrissés jusqu'à leur chambre, puis les laissa seuls.

À peine la porte fermée, ils regardèrent autour d'eux émerveillés, saisis d'admiration devant la beauté des lieux. L'immense pièce était décorée de boiseries sombres éclairées par la lumière d'un balcon donnant sur le lac. Il y avait dans un coin un grand lit pour bientôt… Et dans l'autre partie de la chambre se trouvait un lit ancien à colonnades et toit lambrissé, en bois d'acajou sculpté. Ils l'admirèrent un long moment, puis se sourirent, quelque chose de grand allait se passer à cet endroit, ils le sentirent et s'embrassèrent avidement, se caressant le visage, déjà emplis de désirs. Ils se séparèrent un peu pour admirer le reste de la chambre, meublée encore par une table ronde et ses chaises, placées au milieu de la tourelle adjacente à la chambre : une vraie tourelle avec de petites fenêtres encastrées dans le mur circulaire de pierre grise. Joy pleura d'émotion devant ce rêve si romantique, elle devenait princesse, elle était avec son Roi…

Pat se tourna vers elle et l'embrassa avidement, leurs lèvres se cherchèrent et ne se quittèrent plus… Il pouvait encore sentir sur ses lèvres le goût de ses larmes qui s'étaient répandues sur son visage. Ce baiser lui transperça le cœur. Il lui essuya tendrement le coin des yeux, plongea dans son regard et lui sourit. Elle lui retourna ce sourire et il craqua devant son visage d'ange. Ce n'était pas la première fois qu'il la voyait sourire avec les yeux remplis de larmes, il la trouva tellement belle et se dit que cette expression émue la rendait encore plus désirable…

Ils attendaient ce moment depuis le matin. Le voyage à moto, le petit arrêt au bord du lac, la découverte de cette chambre de princesse, les avaient aidés à patienter. Mais cette attente bien que très agréable avait également attisé leurs désirs. Ils étaient tous les deux au bord de l'explosion, excités et heureux de se retrouver enfin. Leurs corps se réclamaient, leurs sens suppliaient, du plus profond de leur âme, ils se voulaient, ils se désiraient, ils s'aimaient.

Lentement, Pat déshabilla sa Joy, dans un rituel chevaleresque qui la rendait comme folle. Ses seins libérés, elle se frottait contre le torse nu de son amant. Elle vibrait, tressautait sous ses caresses, frémissait, tremblait d'envie sous ses baisers. Il passa derrière elle, la délesta de son jeans rapidement et fit de même avec le sien. Quel enchantement de se retrouver nu contre le corps de sa belle, son sexe dressé arrimé entre ses fesses…

Dans cette position, leurs corps accolés, Pat dirigea doucement Joy vers le lit ancien et l'y poussa afin qu'elle s'y appuie. Elle se pencha en avant, son cul tendu et les pieds piétinants le sol d'impatience. Il se plaça derrière elle, le membre gorgé de sang et le ventre tremblant de désirs. Ils attendaient ce moment depuis des jours, ils allaient enfin pouvoir se retrouver dans leurs jouissances. De la main gauche, il lui écarta délicatement les fesses, ce qui provoqua chez elle un râle de plaisir. De son autre main, il empoigna sa verge tendue et la dirigea vers sa caverne déjà trempée par ce feu qui lui embrasait son intimité. Il la pénétra avec volupté, elle le reçut avec extase…

Pendant de merveilleuses minutes il lui fit l'amour dans cette position. Accroché à ses hanches, il pouvait de sa place de Roi, admirer toute la félinité de son dos fabuleux. Il affectionnait particulièrement jouer avec ses fesses, les écarter, les caresser, libérer sa petite porte et de son doigt mouillé de salive, lui caresser son étoile tout en s'activant en elle délicieusement. Parfois de son pouce il la pénétrait lentement. Elle adorait particulièrement cette double intrusion où s'alternaient en elle son doigt et son sexe.

Elle avait la tête posée sur le côté, les bras étalés sur le lit et il pouvait voir sa bouche entrouverte. Elle respirait au rythme de ses coups de reins, et manifestement elle prenait un plaisir profond de le recevoir en son antre. Lorsqu'il sentit s'écouler son liquide intime et brûlant sur son mât tendu, il eut soudain une envie incontrôlable de la boire. Il avait soif, soif d'elle, soif de son plaisir, soif de son eau d'amour…

Pat se retira de sa belle, la fit pivoter pour la coucher sur le dos, lui écarta les cuisses et fondit sur sa fleur, assoiffé. Il se dit que ce lit bien que très ancien était vraiment pratique. À genoux et les pieds de Joy à ses épaules, il se trouvait à la hauteur idéale et pouvait très confortablement lui offrir sa langue gourmande. Il se mit à la lécher lentement, jouant avec son clitoris, glissant entre ses lèvres, la pénétrant de sa langue. Parfois il allait se promener sur sa rose, quel délice ! Ensuite il revenait vers son bouton. Joy semblait apprécier ce traitement divin, car son ventre parfois se resserrait par saccades sur son sexe, et par petites poussées, elle l'aspergeait de sa jouissance ; il s'empressait alors de déguster amoureusement sa cyprine magique…

Joy jouissait fort, elle ressentait des crispations de plaisir contracter son ventre, elle se laissait aller, en confiance et décontraction, et partit très loin dans les délices que lui procurait son amant, laissant ses yeux enregistrer la beauté de cet endroit ; c'était le nid métaphorique de leur union, fait de boiseries chaudes et sombres, baigné par la lumière éclatante provenant de la porte du balcon balayée par un léger voilage agité par le vent, avec une lumière blanche diffuse provenant des fenêtres de la tourelle décorées de rideaux clairs ; le plafond de ce lit séculaire était sombre et sculpté, porteur mystérieux d'énergies amoureuses.

Puis son amant se releva et lui sourit avec entrain, il l'aida à se relever, l'embrassa avec passion en lui transmettant le goût de son propre plaisir, sucré-acide, étrange et excitant.

Il la dirigea vers l'autre lit, il aimait tout essayer… ils s'y couchèrent enlacés, embrassés, embrasés… Il la poussa sur le côté et relevant sa jambe s'introduisit en elle par-derrière, et ils repartirent dans des ondulations serpentines et enfiévrées… Joy adorait cette position, qui lui procurait des délices toujours intenses, elle adorait les soupirs de plaisirs de son amant derrière elle, ses baisers si excitants dans son cou, ses mains caressantes sur ses reins, sa croupe, son dos, ses seins, ainsi que ses compliments sur sa beauté qui l'emmenaient loin très loin. Ils planèrent ensemble, envahis de bonheur et unis dans le même voyage. Ils gémirent de concert, encore et encore, puis Pat ressentit brusquement une transe de plaisir extraordinaire, qui le fit gémir et trembler de longues minutes... Son corps était agité de manière impressionnante et Joy attendit qu'il revienne sur terre en le caressant tendrement.

Il revint à lui avec de grands soupirs extatiques, ils vivaient des sensations vraiment extraordinaires lors de leurs rencontres... Ils devenaient habitués à l'inhabituel... Le plus étrange était que Pat gardait son désir intact ; il avait appris sans le vouloir à retarder sa jouissance au maximum ; il expérimentait ainsi des orgasmes intenses sans devoir cesser d'aimer sa belle.

Les deux amants se reposèrent un peu et reprirent ensuite leurs baisers, leurs caresses ; la chaleur montait à nouveau dans leurs corps fiévreux. Ils étaient déjà en sueurs de fièvres amoureuses, ils en voulaient encore et encore...

Pat était attiré par le cul de Joy, par ses fesses ; celle-ci se cambrait, elle sentait qu'il cherchait son étoile, la caressait, la léchait même, ce qui la surprenait toujours, sensation ultime et gênante mais excitante !

Puis elle sentit les mains de son amant qui se mouillaient de son eau d'amour, et la massaient entre ses cuisses, entrant toujours plus loin en son trou secret, avec un doigt, puis deux doigts ; elle perçut son sexe viril s'y appuyer doucement, et s'introduire en elle par saccades, faisant lentement son passage, tandis que les muscles se détendaient. Joy se laissa aller, appréciant ce nouveau plaisir encore inédit, qui demandait une confiance totale en son amant, car la limite entre le jouir et le souffrir est aussi mince que cette voie est étroite.

Il lui sembla qu'elle revenait à un stade primitif, animal, dans une jouissance physique primaire et ancestrale ; elle suivait un mouvement lent et régulier qui les menait encore si loin, réunis dans des sensations extrêmes et complices, symbiotiques et siamoises... Il ne s'agissait pas de ce genre d'accouplement bestial décrit dans certains récits emplis de violence quand un homme « *encule* » une femme, mais plutôt d'une union amoureuse complète et confiante. Ils s'unirent encore et encore...

Puis Pat se retira de sa belle, et la tournant vers lui, tandis qu'elle s'abandonnait dans ses bras, heureuse et repue, il lui présenta son sexe encore fier et vibrant, qu'elle reçut en sa bouche pour un plaisir incandescent, qui le laissa pantelant et fourbu. Ils finirent par un long baiser en échange à nouveau de leur salive et nectars mêlés, et se reposèrent longuement, dans la pénombre de cette chambre obscure, éclairée par les rais de lumière étincelante de cette journée d'été finissante, bercés par la brise qui caressait leurs peaux brûlantes.

Enfin, ils se découvrirent une faim de loup. Leurs étreintes étaient parfois tellement ardentes, qu'ils en oubliaient de boire et de manger. Ils prirent un bain ensemble, moment privilégié où leurs sens et leurs corps récupéraient. C'était devenu un rituel, quand la baignoire était assez grande. Ils profitaient souvent de ce moment pour se parler, pour échanger des idées, pour faire des projets et même parfois pour se disputer un peu… Joy reposait les fesses en l'air allongé sur le torse de son amant, les jambes repliées et pendantes hors de la baignoire, et ils parlaient ainsi, ne voyant pas le temps passer. Pat admirait son corps sensuel à la peau mate, ses longs cheveux qu'elle relevait en chignon, son sourire tandis qu'elle riait à leurs plaisanteries. Elle regardait avec amour ses yeux clairs dans son visage viril et enjoué, son corps puissant et ses grandes mains, ses grands pieds qu'elle s'amusait à comparer aux siens.

Enfin sortis de leurs bains ils se rhabillèrent et sapés comme des milords, les deux amants du City Villa-Hôtel quittèrent la chambre pour aller manger en ville. Ils déambulèrent dans les charmantes rues de cette petite ville médiévale à la recherche d'un endroit pour se restaurer. Ils trouvèrent un petit bistrot italien et s'y installèrent pour un plat de pâtes qui calma leur fringale, puis ils décidèrent de rentrer à l'hôtel ; ils avaient bien récupéré et leurs corps se réclamaient à nouveau. Les deux complices remontèrent les petites rues pittoresques qui avaient déjà dû voir passer de nombreux couples d'amoureux. Mais elles ne devaient pas en avoir vu beaucoup de cette sorte-là. Ils ne se lâchaient pas. L'envie les submergeait à nouveau complètement. Une petite porte un peu cachée, un coin de rue un peu sombre, tout était prétexte pour qu'ils s'y cachent afin de s'embrasser et de se caresser. Même en marchant ils ne se séparaient pas. Pat dirigeait la manœuvre et Joy qui marchait à reculons. Ils avançaient dans cette marche qu'ils appelaient « *la marche des Pingouins* », et les petites maisons typiques de ces rues qui la découvraient, semblaient sourire au passage de ces deux êtres un peu étranges qui se déplaçaient bouches liées et corps soudés l'un à l'autre, marchant en un balancement symétrique.

À l'hôtel ils décidèrent de prendre un dernier verre au bar. L'endroit était aussi beau et rustique que leur chambre. Ambiance feutrée, boiseries sombres, tableaux anciens… Il ne restait qu'une seule table de libre, qui avait d'ailleurs l'air de les attendre. Jusqu'ici, ils n'avaient vu personne dans ces lieux ; ils avaient même eu l'impression d'être les seuls hôtes de la demeure. Mais ce soir, ils se retrouvèrent en compagnie de trois autres groupes de personnes. L'endroit n'était pas très grand, meublé par quatre petites tables, chacune accompagnée de chaises et d'un canapé Louis XV, « idéales pour des couples d'amoureux », pensèrent-ils. Nos deux amants se connaissaient bien et cette pensée les avait effleurés simultanément Ils commandèrent une boisson, et s'installèrent dans un divan conçu pour se tenir à deux enlacés, encadrés par les accoudoirs tarabiscotés. Ils échangèrent quelques baisers, toujours autant excités, mais ils devaient se tenir tranquille, les gens qui peuplaient ce bar semblaient plutôt bien policés. Ils se mirent à rire discrètement et eurent une idée :

Joy murmura à l'oreille de son amant :

— Regarde ces couples comme ils sont différents, comment crois-tu qu'ils fassent l'amour ? Amusé, excité, Pat la regarda dans les yeux en se disant qu'elle avait parfois de drôles d'idées ; mais le jeu était tentant. C'était même très excitant ! Ils se mirent à observer discrètement les clients qui les entouraient, et le sourire un peu moqueur aux lèvres, chacun se mit à imaginer ces couples si différents en pleine action sexuelle.

Il y avait tout d'abord à leur gauche, un couple un peu bizarre ; la femme était brune avec les cheveux retenus à la nuque, dans la trentaine, l'air plutôt chic classe, peu féminine, tenant son grand verre de vin rouge avec assurance quand elle parlait à son compagnon ; celui-ci était grand et pâle, portait des lunettes ; il était assis le dos droit sur le canapé à côté d'elle, sans la regarder, les mains sur ses genoux, lui répondant avec une voix basse sans expression.

— Je suis sûre que c'est elle qui domine dans le couple ! chuchota Pat à l'oreille de sa complice en souriant.

— Oui, sûrement, regarde comme il se tient, comme un enfant

avec sa maman ! rit Joy tout bas. Ils se regardèrent avec malice et continuèrent leurs observations.

Plus loin se trouvaient deux dames blondes très élégantes et soignées, employées à la réception de l'hôtel, en compagnie d'un gros homme à l'air un peu vulgaire, qu'elles semblaient écouter avec attention. Il parlait en faisant de grands gestes, un gros cigare à la main. Cette association paradoxale semblait étrange, et nos deux amants les imaginèrent dans une relation torride à trois ; les deux femmes semblaient faites l'une pour l'autre, avec leurs tailleurs de marque et leurs airs sexy :

— Cet homme doit être un amoureux vache un peu cochon… supposa Pat avec ironie. Les deux complices rirent tout bas et observèrent ensuite le réceptionniste de l'hôtel qui amenait un plateau de verres. Ils l'imaginèrent seul devant sa TV, ou bien son ordinateur, sur un site de lectures érotiques.

À leur droite à côté du bar, trônaient trois gaillards d'apparence assez rustre, santiags aux pieds, jeans, T-shirt Harley Davidson et gilets de cuir noir. Ils sirotaient de grandes bières, parlaient fort et riaient parfois à gros éclats. Ils étaient ivres et vu leurs regards salaces, leurs conversations devaient se situer largement en dessous de la ceinture. Ce trio était la caricature parfaite de motards célibataires en virée de célibataires, qui ne pensaient qu'à boire, rire et fantasmer sur des jolies filles, quoique que parfois les apparences puissent être trompeuses. Le chef plutôt grand était assis au milieu, bien musclé, entre ses larbins : un petit maigre avec une voix de fausset, et un gars bien enveloppé avec une grande barbe. Nos amants de plus en plus curieux et de plus en plus excités, se dirent qu'ils aimeraient bien être des mouches afin de pouvoir les épier dans leur chambre.

Les deux amants avaient terminés l'analyse sexuelle de toutes les personnes présentes au bar. Ils avaient la tête remplie d'histoires sensuelles et décidèrent de ne pas se les raconter immédiatement, mais d'attendre d'être seuls dans leur chambre. Ils regardèrent les autres clients une dernière fois, se levèrent, les saluèrent solennellement et regagnèrent leur chambre en retenant leurs fous rires.

Ils passèrent à la salle de bain, se promenant nus pour se préparer se caressant, se frôlant, emplis de désirs. Joy alla la première se coucher, et amusée par le choix entre deux lits à disposition ; elle opta pour le lit ancien à plafond sculpté, qui semblait trop petit pour le grand corps de son amant, mais si romantique et prometteur de délices sensuels… Elle se lova sur le drap, regardant son homme approcher d'elle avec désir, se tortillant et s'agitant sous son regard ardent, écartant involontairement les jambes, caressant ses seins du bout des doigts, impatiente. Il se coucha à côté d'elle, souriant et avide, mais elle se releva vivement, vive et coquine, lui promettant une surprise… Il attendit couché sur le dos, heureux de l'imprévu, son sexe toujours fier et dressé, vibrant et excité par les plaisirs passés et la perspective des jouissances à venir…

Pat l'entendit dans la pénombre chercher quelque chose, puis elle lui apparut à côté de lui, à genoux, magnifique et sauvage, squaw à la peau sombre dans l'obscurité, parée d'une tunique brune très courte à franges, qui se balançaient sensuellement, dévoilant des fesses bien rondes, l'échancrure des cuisses, la naissance de son sexe… Ses seins apparaissaient ronds et tendus par l'échancrure de son vêtement, éclairés par la lueur diffuse des rayons de lune venus, de la grande fenêtre. Il fut envoûté par l'érotisme que cette femme sauvage dégageait, et ses ardeurs furent poussées à leur paroxysme. Elle-même fut saisie par la magie de ce vêtement unique ; elle était devenue odalisque et hétaïre, son envie coulait déjà entre ses cuisses ; un simple effleurement de la main de son amant à sa vulve la fit presque crier, elle était enflammée, son corps était un brasier…

Les deux amants devinrent fous de désirs, enragés et passionnés, ils n'avaient jamais assez l'un de l'autre, et ce vêtement, ou ce lit ancestral, ou encore la magie de cet hôtel, les avait submergés ! Pat attira son amoureuse à lui en murmurant des morts d'amour, des compliments sur sa beauté qui la chauffèrent encore plus. Lui prenant les lèvres dans sa bouche, il remonta sa tunique pour la caresser, les mains trempées de son eau intime qui s'écoulait à mesure que leur plaisir montait… Ils s'embrassèrent passionnément, elle ne tenait plus, elle cria presque pour qu'il la pénètre, et prit elle-même son sexe tendu et brûlant en sa main pour le guider en elle, tandis qu'il l'enserrait furieusement, cherchant sa langue et grognant de désir. Caressant tour à tour ses cuisses et sa vulve inondée mise en valeur par les franges coquines qui la révélaient tout en la cachant, puis ses seins échappés de son corsage trop petit..

Surexcité par cet effet érotisant, son amoureux grondait et rugissait tout en la prenant encore et encore, trempé de sueur et de passion. À genoux sur elle, il maintenait sa tête de la main pour la dévorer de sa bouche avide et affamée, tandis que ses reins puissants jouaient le va-et-vient de l'amour… Elle-même, cambrée et offerte, les jambes réunies sur son dos, jouissait encore et encore, de le sentir si profondément en elle, et de constater le désir de son amant. Leurs plaisirs mutuels excitaient leurs sens crescendo, Joy partit dans les orgasmes intenses, le corps secoué de sursauts et de frissons, explosant dans sa tête et dans son cœur, retenant ses cris en mordant sa main ou son épaule, folle de plaisir…

Ils se donnèrent encore de furieux assauts, avant de se calmer, de prendre un rythme, plus doux, puis changèrent de postures pour de se donner leurs sèves mutuelles, tête-bêche et ondulant lascivement. Ils terminèrent par un baiser langoureux, puis s'endormirent épuisés et fourbus, enlacés.

Le silence envahit la chambre, les âmes des amants quittèrent leur corps fatigué, et s'infiltrant par le toit de bois sculpté du lit médiéval, partirent explorer les autres chambres du CITYVILLA HÔTEL.

Leurs esprits traversèrent le plafond du lit, se déplaçant immatériellement à travers les murs, se retrouvèrent dans la chambre voisine occupé par leurs voisins au bar. Ils assistèrent à une scène étrange :

L'homme était nu, se déplaçant à quatre pattes dans la chambre, tenu en laisse par la femme brune, qui tenait de son autre main une cravache longue et fine, qu'elle utilisait adroitement pour le faire avancer à sa convenance. Elle était vêtue de manière très excitante : de hauts talons et des bas noirs gainaient ses longues jambes, un bustier orné de sequins serrait sa taille ; ses fesses nues, sa chatte complètement épilée lui donnaient une apparence sexualisée et trouble. Elle donnait à son mâle des ordres brefs, comme à un chien ; un ardent défenseur des droits des animaux aurait peut-être été choqué par son ton cruel et froid. L'homme ne se rebellait pas, il obéissait avec empressement, se couchant ou se relevant, léchant les escarpins de sa Maîtresse avec servilité.

S'il ne réagissait pas assez vite, sa Maîtresse fouettait violemment son soumis sur les fesses, qui montraient de nombreuses marques rougies de ce traitement cruel. L'homme ne semblait pas se révolter contre ces actes vicieux, mais paraissait y prendre plaisir, gémissant de bonheur et montrant une érection impressionnante entre ses cuisses. La femme attira soudain la tête de son soumis vers elle, en tirant fortement sur la laisse, jusqu'à ce que sa bouche soit près de sa chatte luisante d'excitation ; elle s'appuya en arrière contre le lit, et lui ordonna avec force : « Lèche, sale bête, allez, lèche ta Maîtresse ! » Très excité, celui-ci se fit un devoir de lui obéir avec soin. La femme monta ensuite une jambe de côté sur le lit, magnifique et sculpturale, elle ressemblait une déesse impitoyable. Elle le reçut sans montrer sa jouissance, le dirigeant sans un mot par la laisse, impassible et les yeux fermés, ne montrant son plaisir que par des soubresauts discrets. Quand elle fut satisfaite, elle repoussa l'homme en arrière, le fit coucher à terre sur le dos, et commença à lui marcher sur le corps, en appuyant fortement ses talons pointus dans certains endroits de son corps… Son soumis restait allongé sans broncher, gémissant de jouissance.

Quand elle commença à promener ses chaussures avec délectation sur ses testicules en l'observant avec froideur, les esprits des deux amants, dérangés par ce terrible spectacle, se dissipèrent en une fumée invisible qui s'infiltra dans le mur, puis dans la chambre voisine.

Ils se retrouvèrent dans la chambre du gros homme à cigare, qui était présentement bien occupé avec les deux belles blondes de la réception. Celles-ci étaient partiellement nues, vêtues de sous- vêtements affriolants, l'une d'une parure rouge, string et soutien- gorge, l'autre d'un bustier constitué de lanières noires entrelacées sur son corps. Couchées tête-bêche sur le grand lit à baldaquin, elles se donnaient beaucoup de plaisir, la langue de chacune dans le sexe de l'autre, dans un concert torride de gémissements et de soupirs ; le spectacle était superbe à voir, leurs deux corps magnifiques ondulaient lascivement sur la courtepointe brodée. Leurs mains caressaient avec douceur le corps de l'autre, leurs reins ondulaient, leurs seins se balançaient, leurs croupes se cambraient dans les sursauts et les spasmes de jouissances, elles allaient toujours plus loin, gémissantes, impudiques, indifférentes à l'homme qui les regardait…

Le gros homme était nu, son énorme sexe dressé sous son ventre imposant ; il se tenait à côté du lit, se caressant d'une main la verge avec délectation, de l'autre pinçant un sein ici, une fesse là, tirant une tête en arrière pour se faire prendre en bouche, puis la relâchant, tournait autour du lit pour prendre un cul ou un autre, comme éperdu de plaisir devant toutes les possibilités qui s'offraient à lui… Il prononçait des mots grossiers, les traitait de putes, de salopes, tout en bandant furieusement : il finit par jouir violemment avec de grands cris au hasard d'un cul cambré devant lui, aspergeant les deux corps féminins qui continuaient leur danse sensuelle et jouissive…

Les deux esprits de nos amants endormis s'enfuirent de cette chambre de luxure, attirés malgré eux pour sortir par le trou de la serrure, ils rencontrèrent un ŒIL ! Un œil exorbité, l'œil gauche du réceptionniste collé à cet orifice, par lequel il suivait en direct les ébats torrides de ses deux collègues. Son œil droit était fermé, sa bouche était tordue par une grimace de désir et de jalousie, sa main branlait son sexe comprimé dans son pantalon, son autre main appuyée à la porte tremblait d'excitation contenue. Il jouit sans un bruit devant la porte, aspergeant son vêtement tandis qu'il retenait ses cris. Il partit ensuite rapidement vers sa chambre, suivis par les deux esprits décidément très curieux… Arrivé dans ses quartiers, il referma la porte, partit se doucher pour terminer sa jouissance imparfaite sous le jet d'eau dans un râle guttural, tandis que son ordinateur allumé sur son bureau, affichait un en-tête rose strié de lignes violettes, avec une fenêtre ouverte sur un texte érotique. Les esprits des amants se penchèrent pour lire : le titre parlait d'un hôtel mystérieux où les clients se livraient malgré eux à de folles orgies… Les deux amants se sourirent immatériellement et se dissipèrent hors de cette chambre.

Titillés par les scènes un peu folles auxquelles ils venaient d'assister, les deux esprits décidèrent de faire un détour par la « *Suite motard* », où se trouvaient les trois bikers qui étaient remontés bien éméchés du bar. Ils se glissèrent par la cheminée et s'assirent sur le bord de celle-ci en deux petits nuages invisibles, afin de profiter confortablement du spectacle.

Les trois balourds étaient avachis dans de beaux fauteuils Louis XVI, devant une petite table tarabiscotée recouverte de canettes de bières et de paquets de Marine chips à demi renversés. Ils étaient confortablement installés les pieds sur celle-ci, et visionnaient avec de grands commentaires un film pornographique qui semblait se dérouler quelque part en Bavière, vu les énormes culottes de cuir à bretelles de certains acteurs.

Le plus grand éleva soudain la voix, regarda ses deux acolytes qui étaient concentrés sur le film, les jeans déformés par de magnifiques bosses et leur cria : « *Eh les gars ! Si vous vous mettiez un peu à l'aise que je voie vos outils !* » Les deux simplets rougirent, le regardèrent surpris et, l'œil vif prêt à bondir, totalement dévoués à leur chef, s'exécutèrent. Ils défirent leur pantalon, sortirent leur sexe, et se mirent à se masturber joyeusement, tout en continuant à dévorer des yeux le film où une plantureuse fermière était en train de se faire prendre sur une botte de foin par un paysan debout entre ses jambes s'agitant en l'air, le pantalon baissé, et bien monté semblait-il…

Excité de voir ses deux sbires se caresser, le grand Sam, car c'était ainsi qu'il se nommait, se mit à se déshabiller également. Très rapidement il se trouva nu, et le mât fièrement tendu, se mit à se promener autour de ses deux amis en se branlant. :

— À poil ! Je veux vous voir nus comme des vers ! hurla-t-il :

« *Quel tableau comico-diabolique !* » pensèrent les esprits de nos deux amants toujours assis sur le bord de la cheminée. Ils hésitaient à se sauver devant tant de bestialité, mais se sentaient tout de même curieux de voir la suite.

Soudain le grand Sam s'arrêta et se posa devant la télévision, empêchant pas la même occasion les autres de regarder la suite du film. Ils râlèrent bruyamment mais l'autorité du grand Sam n'était plus à refaire, il leur somma de se taire et d'un sourire coquin leur demanda de s'approcher de lui :

— Allez mes amis ! Je sais que vous en avez envie ! Prenez ma belle queue dans vos bouches et sucez- moi lentement !

Quel spectacle de voir ce petit maigrelet et ce gros barbu s'affairer sur le membre magnifiquement tendu du grand Sam ! Les deux acolytes donnaient l'impression d'aimer ça, car ils se bagarraient presque afin de pouvoir prendre le sexe de leur chef en bouche.

Manifestement le grand Sam, n'en pouvait plus ; il leur demanda d'arrêter, s'installa dans un des fauteuils et ordonna à ses boys de continuer le spectacle. Le film ne lui suffisait plus, il voulait du réel. Le petit gros se coucha sur le dos et son collègue se mit sur lui en une position numérique bien connue. Ils se donnèrent ainsi de plaisir mutuellement pendant de longues minutes.

Ils effectuèrent encore quelques figures de style peu esthétiques et mêmes très laides à contempler, il faut bien le dire, vu le physique de nos acteurs. Ensuite Sam leur proposa un jeu : Ils devaient s'amuser à savoir qui éjaculerait le plus loin…

Cela en fut trop pour nos esprits, qui ne voulaient pas poursuivre la vision ce spectacle affligeant et décadent. Ils retournèrent vagabonder à travers les murs de l'hôtel où tout semblait redevenu tranquille, et revinrent à leurs corps endormis.

Les deux amants s'étaient assoupis en faisant l'amour doucement, fatigués de leurs assauts passionnés de la journée ; ils se réveillèrent lentement, encore enlacés, le sexe de Pat détendu toujours enfoui en la fleur de sa belle, bien au chaud dans son cœur. Ils se tenaient sur le côté, imbriquées elle contre son ventre, lui sa tête et ses cheveux contre son torse. Il respirait dans son cou, se shootant à son odeur féminine, Joy ondulait des reins contre son ventre, pour se frotter à sa peau virile. Ils parlèrent à mi-voix, encore à moitié endormis. Ils s'étonnèrent d'avoir fait le même rêve… Oui, Ils avaient tous deux vu les mêmes scènes, les mêmes situations étranges et explosives, perverses et excitantes… Ils passèrent en revue chaque détail, tout concordait.

Cela n'était pas la première fois qu'ils vérifiaient être reliés par les pensées ou les rêves… ils avaient souvent envoyé et reçu des messages à la même seconde après des heures de silence, ou avoir pensé exactement à la même chose tout en étant séparés par des centaines de km ; ils avaient aussi rêvé certaines peurs ou certains désirs la même nuit. Cette fois-ci, ils avaient observé les autres personnes aperçues au bar ce soir-là très précisément en train de faire l'amour de manière si spéciale qu'ils étaient sûrs d'avoir vraiment vu tout cela, en esprit. Ils furent donc persuadés une fois de plus, que non seulement leurs corps étaient en harmonie, mais aussi par leur amour, que leurs esprits étaient compagnons de rêves nocturnes.

Ils réfléchirent longuement à ce qu'ils avaient vus. Ils finirent par conclure que si certaines de ces choses leur avaient paru laides ou bestiales, c'est parce qu'elles étaient faites sans amour, sans cette passion pour l'autre qu'ils avaient la chance de vivre eux-mêmes.

**Ils savaient qu'ils pourraient tout tenter,
tout expérimenter, et que cela resterait beau,
puisqu'ils s'aimaient pour de vrai.**

Ils s'embrassèrent, s'embrasèrent à nouveau. Pat respirait fort, il grognait, Joy haletait déjà, elle gémissait. Sueurs, ardeurs, tout recommençait ! Il prit avec passion ses lèvres dans les siennes, lui saisit la nuque comme pour la dévorer, la retourna sur le dos, doucement, ouvrit ses jambes de ses genoux, tranquillement, se maintint au-dessus d'elle, muscles saillants et frémissants, sexe fier et tendu vers son antre, tel une statue claire dans la nuit grise, avec ses yeux brillants emplis d'amour la fixant avec passion. Elle adorait ce moment, juste avant, juste ce moment-là... Sentir son gland appuyer tout doucement, porteur de tant d'émotions à venir, contre sa vulve palpitante, et frissonnante. Joy joua avec ces sensations, elle se cambrait et ondulait du bassin, effleurant et caressant son sexe de ses lèvres intimes, l'appelant à voix basse, jusqu'à ce qu'il descende lentement si lentement sur elle. Elle saisit son sexe en sa main pour le guider en elle, elle freinait le mouvement, pour apprécier cet instant, ce sublime instant...

Pat retenait sa puissance, il contenait son envie, pour apprécier ce moment, ce sublime moment, avant de la pénétrer. Il admirait ses yeux sombres et brillants, sa bouche luisante et ses dents si blanches dans la nuit, révélant sa petite langue prometteuse de tant de délices. Il aimait la voir offerte à lui, avec ses seins qui bougeaient doucement, tendus et frémissants, son ventre rond et doux, ses hanches pleines et amples...

Puis il fut en elle... Enfin... Bonheur, calme douceur, puissance sauvage, sérénité paisible, force intense, union sacrée, dans la Paix.

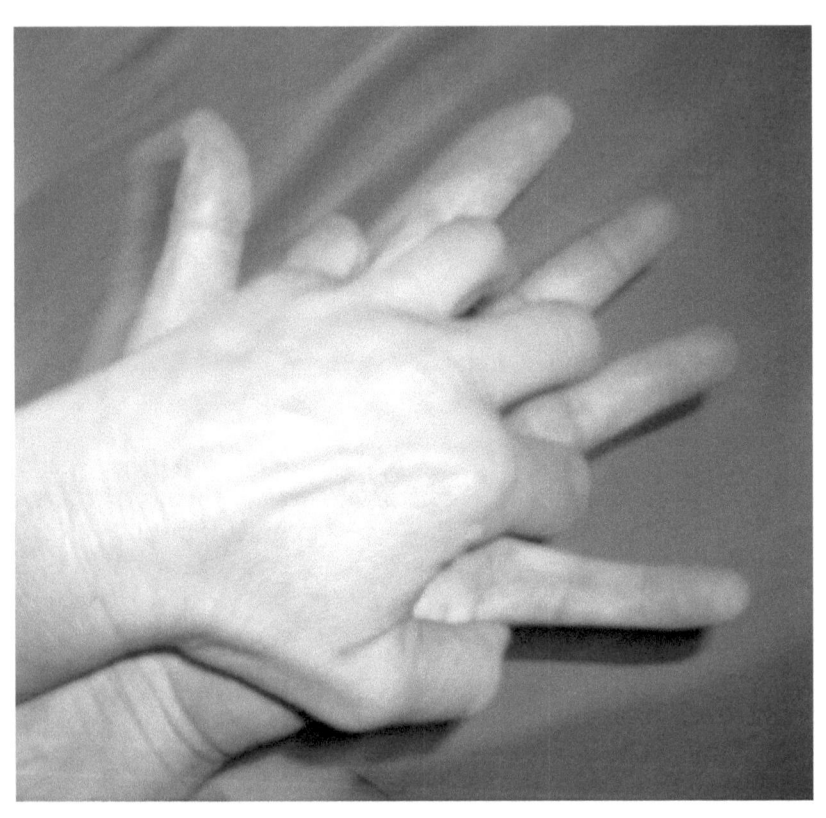

LA PAIX

Quand les vagues se calment et que le ressac
Berce leur cœur de petits mouvements lents...
Lents mouvements qui doucement les bercent
Les yeux dans les yeux son sexe en elle vient...
Et va, va et vient,
Lentement
Fortement, vient
Et va, va et vient...

Chaleur qui monte, plénitude parfaite de l'instant
Bonheur du corps, expansion des sens, pourtant
Tout est si calme, si lent, profond, petit supplice
À chaque retour ils montent sur la grande ellipse...
Qui tourne
Et retourne
Va et vient
Lentement...

Moment suspendu, perfection des sensations
Intensité inoubliable et abyssale des émotions
Échange des regards, électricité des passions
Et son sexe qui voyage et crée des palpitations...

Il va et vient, Lentement
Fortement, vient
Et va, va et vient...
Doucement
Si
doucement...
Puissant,
Si puissant...

Le temps en suspension
L'horloge est en déraison
Plus rien d'autre ne vit
Que cette flamme de vie...
Qui... va et vient,
Lentement
Fortement, vient
Et va, va et
vient.

ÉPILOGUE

Joy et Pat se revirent encore à de nombreuses reprises pour des rencontres furtives et intenses. Il est parfois impossible de choisir de partir de chez soi, comme il est impensable de cesser de se voir. Certains sont pris dans la nasse de leurs responsabilités familiales, parentales, sociales, et répugnent à briser le destin d'autres personnes. Cela fut le cas de nos deux héros, qui décidèrent de poursuivre leur relation cachée, pour des instants volés.

Leurs rencontres étaient toujours étincelantes, rendues merveilleuses par la rareté de leurs retrouvailles, et l'intensité de leur passion. La routine de la vie quotidienne aurait peut-être tué la brillance de leurs amours. Ils choisirent de cultiver une relation en pointillé, comme une ombre dans la nuit de leurs fantasmes pour équilibrer la clarté de leur vie au grand jour.
Les retrouvailles étaient précieuses, les départs déchirants. C'était le prix à payer pour se sentir vivants. De nombreux couples clandestins vivent ainsi, entre ombre et lumière. On peut parfois aimer à deux places, pour des situations et des rôles différents.

Joy et Pat resteront des amants qui se retrouvent à chaque fois avec autant d'émotion. Ne les jugeons pas. Ils ont trouvé la meilleure solution pour concilier tant de choses inconciliables. Les amours des femmes et des hommes d'aujourd'hui s'inspirent parfois de ce genre de paradoxes.

RENDEZ-VOUS

L'attente était le piment et le tourment de leur relation clandestine. Quand ils se voyaient lors de leurs rendez-vous, ils faisaient l'amour passionnément, intensément. Ils jouissaient en de longs cris de bonheur, les mains accrochées entre elles ou aux draps, ou aux barreaux du lit, ou à la table, au fauteuil, au mélangeur de la douche, de la baignoire… Ils avaient fait l'amour partout, même au coin d'une porte ou d'une embrasure, d'un mur ou d'un arbre, ils s'aimaient, ils étaient enragés l'un de l'autre, ils se dévoraient, se mélangeaient, se fusionnaient, s'imbriquaient, se mélangeaient…

Puis se séparaient… Puis venait l'attente… Ils s'écrivaient des mails, des SMS, se faisaient des poèmes et des mots d'amour, leur créativité explosait, ils attendaient… Comme les prisonniers enfermés, ils trouvèrent des stratégies… Pour contenir leur impatience, ils comptaient les jours… Elle trouva qu'elle aimait *mieux les nombres faits d'un seul chiffre, plus que 9, 8, 7, 6, 5, 4, 3, 2,1 jours... Le 1 étant son préféré bien sûr... Il remarqua qu'attendre était plus facile dès qu'il n'y avait plus qu'un jour de chaque avant le Rendez-vous attendu... Plus de lundi jusqu'à samedi, plus de mardi... Ils se téléphonaient parfois, mais cela attisait la difficulté de l'attente pour se rencontrer...*

L'attente attisait le Désir... et les Rêves... et le Manque... Ils étaient comme des drogués en manque de leur dope... Leur corps tremblait parfois tout seul de manque, d'envie de l'étreindre, de sentir sa bouche, son souffle, ses mains, son corps, son odeur, de voir ses yeux, sa bouche, de toucher et d'étreindre, d'embrasser et de cajoler, de lécher et de mordre, de faire l'amour, de jouir de crier de plaisir... Comme des drogués qui trouvent enfin la dose de leur obsession, quand le Rendez-Vous avait lieu, quand enfin ils se retrouvaient, ils se jetaient pratiquement l'un dans l'autre, collés, serrés, et ne se lâchaient plus... et faisaient l'amour jusqu'à l'heure de se séparer...

Les Rêves les réunissaient la nuit... Ils se donnaient Rendez-vous dans les étoiles, se retrouvant là-haut où ils pouvaient vivre leur amour pleinement... Ils devinaient quand l'autre était triste ou heureux, sentant son humeur par-delà le Réel... Et les Désirs... étaient attisés par l'attente du Rendez-Vous à venir... Ils imaginaient leur rencontre, ressentaient le plaisir à venir, leur corps se souvenait et tremblait d'anticipation...

Aujourd'hui, ils avaient à nouveau Rendez-Vous... Ils avaient compté les jours, heures, et minutes, elle se préparait, s'habillant avec soin, avec excitation, avec bonheur... choisissant ses vêtements en fonction de son premier regard... Il se douchait et s'habillait, plein d'anticipation et de désirs.

À quoi bon, ils se dépêcheraient d'enlever si vite ces obstacles entre leurs deux corps assoiffés de contact de l'autre, mais c'était aussi une façon de se préparer à la rencontre, de jouir de l'attente...

Ils se rencontrèrent à l'heure dite, à l'endroit convenu... Au coin de la rue de Mars et Jupiter, Ils s'embrassèrent sans attendre, perdus dans les bras l'un de l'autre, assoiffés, affamés, ivres et hallucinés... Sans souci du regard des passants, ils s'étreignaient en craignant déjà la séparation... Elle tenait sa veste peut-être pour qu'il ne parte pas, il lui tenait la tête pour qu'elle ne s'éloigne pas... Ils gémissaient langues entremêlées, leurs corps vibrant de partout...

Ils pénétrèrent dans cette chambre d'amour, se dévêtirent comme on se libère, se mangeant l'un l'autre, les corps parcourus de spasmes et de frissons, les mains électriques, les bouches fébriles, son sexe tendu et raidi, sa fleur trempée et ouverte... Ils s'unirent comme lorsqu'un tout se reconstitue, les morceaux parfaitement assemblés, pieds entrelacés, sexes intimement mélangés, bouche en bouche, langues nouées... Les va-et-vient ancestraux inscrits en leur corps depuis les derniers plaisirs commençaient, les emmenant toujours un peu plus loin dans l'ellipse des jouissances...

Ils burent à leurs sexes de liqueur ruisselants, mangèrent à leur peau le sel et le miel, léchèrent à leur bouche la salive et les mots d'amour, se caressèrent de leurs mains et se mordirent à leurs lèvres... Ils n'étaient plus que des êtres d'animalité, perdus dans un délire de bonheur irréfléchi. Liberté d'être soi, amour de jouir, jouir d'amour, mourir et renaître, naître et mourir de petites morts qui les laissaient ahuris et pantelants, abasourdis et heureux...

Puis c'était l'heure de se séparer, de rentrer, de retourner à sa vie... Quelques larmes aux coins des yeux, ils se rhabillaient mécaniquement, contemplant avec étonnement la cassure de la magie qui les avait emportés... Ils ne retrouvaient plus leurs vêtements jetés aux quatre vents dans la pièce, les mettaient en se demandant pourquoi ils ne restaient pas nus simplement, essayant de garder une contenance devant la séparation à venir... ils devaient faire un effort pour se rappeler la Réalité qu'ils allaient rejoindre, ne savaient plus leur propre nom, encore moins celui de leur entourage ou de leur employeur... Leur esprit reprenait progressivement le contrôle, essayait de garder les émotions contenues en leur cœur... Il ne fallait pas pleurer, ne pas attrister l'autre...

Ils se disaient au revoir au fond d'un parking ou d'un hall de gare, elle lui tenait le coin de sa veste bien qu'il dût partir, il lui tenait la tête bien qu'elle dût s'en aller... Derniers baisers au goût d'adieux, salés et amers... Puis ils se quittaient rapidement, dans une impression d'inachevé et de plénitude, de bonheur et de nostalgie, comblés et vidés... Heureux et malheureux...

Maintenant ils attendraient le prochain Rendez-Vous, comptant les jours… Elle aimait mieux les nombres faits d'un seul chiffre, plus que 9, 8, 7, 6, 5, 4, 3,2, jours… Il aimait quand il ne restait plus qu'un jour de chaque… Plus de lundi jusqu'à samedi, plus de mardi…

LA PRAIRIE (Elle pour Lui)

Elle est allée s'allonger dans la prairie d'herbe fleurie
Aux côtés de son Minotaure aux mains la caressant,
À son corps abasourdi il a donné de mystérieux élans,
À son âme il a fait cadeau de pleurs et de grands ris.

Délices du Jardin d'Éros, rires de malice, délires érotiques
Plaisirs sybarites, jouissances édéniques, coïts magnifiques.

Elle a ouvert ses bras pour accueillir son œil si beau,
Baiser de cyclope, dents contre bouche, lèvre sur peau,
Elle a ouvert sa fleur brûlante pour l'accueillir en son sein,
Baisers de lutins, de troubadours, baisers de pingouins.

Délices du Jardin d'Éros, rires de malice, délires érotiques
Plaisirs sybarites, jouissances édéniques, coïts magnifique.

Elle a senti son sexe emplir son antre et venir loin si loin,
Que son esprit envolé a rejoint son cœur sur l'autre chemin.
Elle a senti son sexe en elle fort si doux au fond de ses reins,
Que son âme hallucinée a perdu le sens de son chagrin.

Délices du Jardin d'Éros, rires de malice, délires érotiques
Plaisirs sybarites, jouissances édéniques, coïts magnifiques.

Elle a tenu ses mains quand au fond d'elle il était puissant.
Elle a tenu sa main quand l'un à l'autre ils étaient buvant.
   Elle a tenu sa bouche pour qu'il ne cesse de la baiser,
Elle a mordu son doigt pour que le plaisir ne la fasse crier.

Délices du Jardin d'Éros, rires de malice, délires érotiques
Plaisirs sybarites, jouissances édéniques, coïts magnifiques.

  Elle a puisé à sa source de vie pour sa bouche désaltérer,
Elle a souri à son sourire pour leur deux âmes réchauffer.
Elle a offert sa peau et son cœur pour ses mains occuper,
Elle a versé une larme quand il s'est tourné pour s'en aller.

LA PRAIRIE (Lui pour Elle)

Dans la Prairie Son Minotaure Son Amour,
Puisa dans les forces obscures du désir,
Pour la rejoindre au plus profond de son plaisir.

Cette rencontre au cœur de sa jouissance,
Communion magique et fantastique de deux
corps, Dévasta son cœur pour toujours.

PRÉSENTATION DE JUNE SUMMER

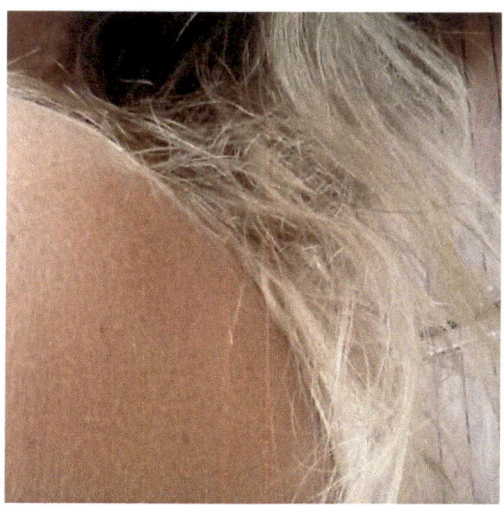

June Summer travaille dans le social.
Après avoir élevé ses enfants, elle s'est passionnée
pour l'écriture d'histoires « érotiques-romantiques »,
fantastiques, poétiques. Elle se passionne pour les relations
humaines, les histoires de couple.
June aime décrire l'érotisme de manière poétique, esthétique,
dans une vision d'épanouissement des êtres.
Elle vit en Suisse, dans un cadre naturel,
entourée d'amis, d'enfants, et d'animaux.
June partage avec son compagnon Kris Winter
les découvertes d'une vie reliée à la sensualité
et à la Liberté.

Rendez-vous chez June Summer ici :
www. june-summer-auteure. com

Bibliographie de June Summer

Textes sous copyright
« Les Interdits de Claire » 2011
« Elles » 2011
« Un Voyage Inavouable 1 » 2011
« Quatre Histoires sensuelles de vêtements, érotiques » 2012
« La Robe Noire » 2012
« Duo Aquarelles –Poèmes » 2012
« Rencontres Clandestines » 2012
« Sex School » 2013
« Jeyaa le Château des Brumes 1 » 2012
« ZigZag Café » 2013
« Les Chaussures Rouges » 2013
« Aventures Libertines » 2013
« Un Voyage Inavouable 2 » 2014
« 5 Défis pour un Mariage » 2014
« Jeux du Jeudi » 2015
« Entre deux Portes » 2015
« Passions » 2015
« Best Of » 2015
« Jeux de Mails » 2016
« Jamais sans Toi » 2016
« L'été de Jordane » 2017
« De l'Ombre à la Lumière » 2018
« Délicieuses Surprises » 2018
« Les Mains de Velours » 2019
« Pensées érotiques, Coaching Sexualité 2019 »